KEIHNACHTEN

Sarah Drews

KEIHNACHTEN

Ein Mitmach-Adventsbuch

mit Illustrationen von Isabel Kaboth

monika fuchs

Alle Rezepte und Bastelanleitungen in diesem Buch wurden nach bestem Wissen zusammengestellt. Verlag und Autorin geben aber keine Garantie dafür und übernehmen keine Verantwortung,, dass alles gelingt. Jüngere Kinder sollten nicht unbeaufsichtigt sein.

Weitere Malbücher können direkt beim Verlag bestellt werden:
www.verlag-monikafuchs.de

www.verlag-monikafuchs.de
www.sarahs-buecherwelt.de

Bibliografische Informationen der Deutschen Nationalbibliothek:
Die Deutsche Nationalbibliothek verzeichnet diese Publikation
in der Deutschen Nationalbibliografie;
detaillierte bibliografische Daten sind im Internet über
http://dnb.d-nb.de abrufbar.

ISBN 978-3-947066-10-0

Layout und Satz: Die Bücherfüxin | www.buecherfuexin.de
Covermotiv und Illustrationen: Isabel Kaboth | Hildesheim
Text: Sarah Drews | Neumüster
Printed in EU 2020

Inhaltsverzeichnis

Vorspann

»ACHTUNG! ACHTUNG!
ALLE ELFEN SOFORT ZUM WEIHNACHTSMANN!«

Nur in absoluten Notfällen kommt diese Durchsage und dann heißt es: alles stehen und liegen lassen. Auf schnellstem Wege laufen die Elfen zum Büro des Weihnachtsmannes und versammeln sich dort. Vor lauter Aufregung tuscheln sie wild durcheinander.

Von seinem großen Schreibtisch aus schaut der Weihnachtsmann auf das Meer von roten Mützen und grünen Hosenbeinen. Er steht auf und hebt seine rechte Hand, um sich Gehör zu verschaffen. Sofort wird es im Büro ruhiger. Der Weihnachtsmann wartet eine Minute. Dann verkündet er mit dröhnender Stimme:

»Dieses Jahr fällt Weihnachten aus!«

Das letzte Gemurmel der Elfen verstummt schlagartig. Ihre Blicke wandern zu den Maschinen, den verpackten Geschenken und wieder zum Weihnachtsmann.

»Schaut mich nicht so ungläubig an.« Wütend haut er mit der Faust auf den Tisch. Sein Gesicht nimmt langsam die Farbe seines roten Mantels an.

Das Meer teilt sich und seine Frau tritt mit dem Oberelf Twinkie nach vorne. »Aber mein Lieber ...«, fängt die Weihnachtsfrau an.

»Spar dir deine Worte, du wirst mich nicht überzeugen. Meine Entscheidung steht fest. Jeden Tag sehe ich, was die Kinder machen. Meinst du, sie verdienen ein Weihnachtsfest? Sie sind frech, vorlaut und nicht selten gemein. Sie wissen nichts zu schätzen, sind

unfreundlich und lügen. Sogar unter den Kleinsten gibt es schon Diebe. Ich ertrage diesen Anblick nicht mehr.«

Traurig setzt sich der Weihnachtsmann wieder hin.

»Ich bin es wirklich leid.«

Twinkie und die Weihnachtsfrau schauen sich an. In all den Jahren haben sie den Weihnachtsmann noch nie so enttäuscht erlebt. Seine Frau tritt an den Schreibtisch und ergreift seine Hand.

»Ruh dich erst einmal aus. Twinkie und ich übernehmen die Spielzeugproduktion. Für den Fall, dass du deine Meinung änderst. Wäre doch schade, wenn du dann zu wenig Geschenke hast.«

»Nein, meine Entscheidung steht fest! Weihnachten findet erst wieder statt, wenn der alte Weihnachtsgedanke von Neuem durchkommt. Ein Kind, das mich überzeugen kann, muss erst noch geboren werden.«

Brummend schiebt er seinen Stuhl vom Tisch und stapft mit zorniger Miene aus dem Raum.

Die Weihnachtsfrau fasst sich als erstes und klatscht in die Hände. Auf der Stelle flitzen alle Elfen an ihre Maschinen zurück. Augenblicklich wird es wieder laut in der Werkstatt. Nur Oberelf Twinkie bleibt zurück.

»Twinkie, das dürfen wir nicht zulassen. Lass uns nach einem Kind suchen, das Weihnachten rettet. Ich habe auch schon eine Idee. Komm mal mit.«

Zusammen mit Twinkie läuft sie zur Namensmaschine. Dort sind Namen, Adressen, Interessen, Wünsche, Weihnachtsbriefe und die Taten aller Kinder hinterlegt. Entschlossen gibt die Weihnachtsfrau einige Daten ein. Die Maschine ruckelt, zischt, tutet, spuckt und am Ende erscheint eine lange Reihe von Nummern. Erneut tippt die Weihnachtsfrau etwas in die Maschine.

Hohoho!!! Sei gegrüßt, mein Kind!
Wir brauchen deine Hilfe. Wir wissen nicht, was passiert ist, aber der Weihnachtsmann hat seine Arbeit niedergelegt. Du hast richtig gelesen! Wir müssen verhindern, dass Weihachten ausfällt. Willst du uns helfen, dann antworte einfach auf diese Nachricht.
Liebe Grüße! Die Weihnachtsfrau.

Diese Nachricht schickt die Weihnachtsfrau per WhatsApp an alle Nummern, die die Maschine ausgespuckt hat. Damit erreicht sie alle Kinder, die sich im letzten Jahr zu Weihnachten ein Handy gewünscht und nicht zu viele schlechte Taten auf dem Kerbholz haben. Durch einen magischen Spiegel beobachtet sie mit Twinkie die Reaktionen der Auserwählten. Einige Kinder lachen, andere löschen die Nachricht, ohne sie zu lesen. Manche schreiben sofort zurück. Doch die Antworten sind allesamt nur Scherze.

Enttäuscht wendet die Weihnachtsfrau ihren Blick vom Spiegel ab. Zum ersten Mal versteht sie den Weihnachtsmann. Die Kinder von heute haben sich verändert. Sie denken nur an sich, sind unhöflicher und frecher. In diesem Moment ertönen erneut die Rentierglocken und kündigen eine weitere Nachricht an.

Hallo, ich heiße Ben. Wenn ihr meine Hilfe braucht, zeigt mir, dass ihr echt seid, und beantwortet mir diese Frage: Was habe ich letztes Jahr zu Weihnachten bekommen?

Mit seinen neun Jahren ist Benni nicht auf den Kopf gefallen. Am Anfang konnte er die Nachricht nicht einordnen. Wollten ihn seine Klassenkameraden ärgern? Oder kam die Botschaft von einem bösen Menschen? Wie oft hatte ihn seine Mutter schon ermahnt, vorsichtig zu sein. Den ganzen Nachmittag hatte ihn die Botschaft beschäftigt. Die Idee mit der Frage war ihm gekommen, als er abends im Bett lag. Nur die echte Weihnachtsfrau würde wissen, welche Geschenke er im letzten Jahr bekommen hatte.

»Twinkie, sattle Rudolph und flieg sofort zu Ben. Er ist im Grunde seines Herzens ein guter Junge. Auch wenn er nicht immer die richtigen Entscheidungen trifft. Aber schau mal, wie er sich seit dem Tod seines Vaters anstrengt, seiner Mutter zu helfen. Überzeug ihn, uns zu unterstützen. Ich glaube, wenn Ben es schafft, im Advent jeden Tag eine gute Tat zu vollbringen, wird der Weihnachtsmann seine Meinung ändern.«

Twinkie nickt und macht sich sofort auf den Weg.

Ein Klopfen am Fenster weckt Ben. *Träume ich?,* fragt er sich. Doch da hört er es schon wieder. Vor lauter Schreck zieht er sich die Decke über den Kopf. Immerhin liegt sein Zimmer im zweiten Stock.

»Ben, bitte öffne das Fenster. Die Weihnachtsfrau schickt mich!«

Eine glockenhelle Stimme dringt zu ihm durch. Vorsichtig lugt er unter der Decke hervor. Draußen vor dem Fenster sieht er einen kleinen Wicht mit roter Mütze und grüner Hose, der vom Vollmond angeleuchtet wird. Sofort kriecht Ben wieder unter seine Decke. Er öffnet schon den Mund, um seine Mutter zu rufen, aber was sollte er ihr sagen? *Vor meinem Fenster ist ein Wicht, der mit mir redet?* Das glaubt sie ihm nie!

»Entschuldige, wenn ich unhöflich bin. Ich heiße Twinkie und ich bin hier, weil du uns geschrieben hast. Öffnest du mir bitte das Fenster? Es ist ziemlich kalt hier draußen.« Ben lugt unter der Decke hervor und erstarrt. Der Wicht ist nicht allein. Erst jetzt sieht Ben, dass er auf einem Rentier mit knallroter Nase sitzt. Es schnaubt, und als es den Kopf schüttelt, klingeln die kleinen Glocken, die um seinen Hals hängen.

»Darf ich dir Rudolph vorstellen?« Twinkie deutet auf das Rentier.

Wieder versteckt sich Ben. Sehr gedämpft klingt es unter der Decke hervor, als Ben die Worte aus seiner Nachricht wiederholt: »Sag mir erstmal: Was habe ich mir letztes Jahr zu Weihnachten gewünscht?«

»Wenn du unter der Decke bist, kann ich dich leider nicht verstehen«, antwortet der Elf.

Ben steckt den Kopf heraus und wiederholt mit zittriger Stimme seine Frage.

»Eine schlaue Frage.« Twinkie überfliegt den Zettel, den die Maschine ausgespuckt hat. »Du hast dir ein Handy und das Buch *Das ultimative Kinderkochbuch* gewünscht.«

Ungläubig steht Ben auf, schaltet seine Nachttischlampe an und öffnet das Fenster.

»Wie kann ich euch helfen?«, fragt er fassungslos.

Der Elf hüpft von Rudolph herunter und setzt sich auf die Fensterbank. Mit wenigen Worten schildert Twinkie, was in der Weihnachtswerkstatt passiert war.

»Die Weihnachtsfrau denkt, wenn du im Advent jeden Tag eine gute Tat vollbringst, dann ändert der Weihnachtsmann seine Meinung.«

Ohne zu überlegen, antwortet Ben: »Ich helfe euch! Das wäre doch gelacht, wenn ich das nicht schaffe!«

Twinkie wirkt erleichtert. »Vielen Dank, Ben. Morgen früh komme ich vorbei und gemeinsam überlegen wir uns die erste gute Tat. Schlaf schön.«

Mit leise klingelnden Glocken fliegt Twinkie zurück.

Morgens wacht Ben lange vor dem Weckerläuten auf.

»Was für ein Traum!«, sagt er laut vor sich hin, als es plötzlich an die Scheibe klopft. Erschrocken schaut er auf und entdeckt Twinkie. Ben reibt sich die Augen, aber der Elf hat sich nicht in Luft aufgelöst.

»Lässt du mich herein, oder hast du es dir anders überlegt?«, fragt Twinkie unsicher.

Ben schüttelt den Kopf und öffnet das Fenster.

Der Elf setzt sich auf den Schreibtisch und kommt sofort zur Sache: »Was hältst du davon, wenn du heute jemandem die Tür aufhältst? Das ist eine gute Tat, die leider nicht mehr selbstverständlich ist.«

Ben lacht. »Das klingt machbar, Twinkie. Wenn alle Aufgaben so leicht sind, wird es ein Klacks.«

Den ganzen Morgen ist Ben stolz, für diese wichtige Aufgabe ausgewählt worden zu sein. Selbst seine Mutter wollte beim Frühstück wissen, warum er so strahlt. Wie jeden Tag fährt er mit dem Bus zur Schule. Von seinem Fensterplatz aus sieht er, dass die ersten Regentropfen fallen.

»Na toll, selbst im Dezember regnet es. Blödes Wetter«, brummt er vor sich hin. Genervt steigt er aus dem Bus und läuft die restlichen Meter. Am Schultor überholt er mit großen Schritten ein kleines Mädchen. *Nur schnell ins Trockene und die nasse Jacke ausziehen*, denkt sich Ben. Er reißt die Tür zur Schule auf, schüttelt sich und stiefelt zügig weiter zur Treppe. Ein wütendes Klingeln von kleinen Glöckchen ertönt. Irritiert bleibt Benni stehen und schaut sich um. Da entdeckt er am Fenster über der Treppe Twinkie. Der Elf bewegt langsam den Kopf hin und her.

Was will der nur?, fragt sich Ben. Der Anblick von Twinkie in der Schule ist ihm peinlich. Aus Angst, einer seiner Freunde könnte den Elf sehen, wirft Ben einen Blick über die Schulter. Und sieht die Tür, durch die er gerade gekommen ist. Mit der flachen Hand schlägt er sich an die Stirn, siedendheiß fällt ihm seine Aufgabe ein.

»Mist!«, flucht er und dreht sich um.

Er sprintet zur Tür zurück und schafft es in letzter Sekunde, die Tür zu öffnen, bevor das kleine Mädchen die Klinke berührt.

»Bitteschön, mein Fräulein.«

Das Mädchen errötet. Nuschelnd bedankt es sich und flüchtet in seine Klasse.

»Aufgabe erledigt. Das war aber verdammt knapp.« Siegreich hebt er den Arm und sagt laut: »Ja«.

Da taucht Hannah auf und schüttelt den Kopf. »Was ist denn mit dir los? Bist du unter die edlen Ritter gegangen oder etwa verliebt?«

»Hahaha, selten so gelacht«, antwortet Ben verlegen. »An sich gehört sich das. Solltest du mal ausprobieren.«

Hannah schüttelt nur den Kopf.

Gemeinsam verschwinden sie in Richtung Klassenzimmer. Mitten auf der Treppe fängt sein Herz an zu rasen. Von Panik erfasst, schaut er hoch, aber da ist kein Twinkie zu sehen. Der Elf ist wieder verschwunden. Benni fällt ein großer Stein vom Herzen. Was hätte Hannah gesagt, wenn sie den Elf entdeckt hätte? Ben mag gar nicht daran denken. Er liebt den Weihnachtsmann, aber damit ist er alleine. Keiner seiner Freunde glaubt noch an ihn.

Im magischen Spiegel hat der Weihnachtsmann die Szene beobachtet und macht sich auf den Weg zu seiner Frau.

»Hätte er ohne Twinkie genauso die Tür aufgehalten? Ich denke nicht. Also lasst mich in Ruhe mit euren albernen Versuchen, Weihnachten zu retten.«

Missmutig stapft er aus der Werkstatt. Dass Ben von nun an bis zum Ende des Tages jedem die Tür aufhält, übersieht er schlicht und einfach.

Bastel-tipp

Duftende Orangen

Diese duftenden Orangen bringen dich in Weihnachtsstimmung. Es geht einfach und schnell, sie zu basteln. Und sie sind auch noch praktisch. Die Orangen überdecken lästige Gerüche aus der Küche, von alten Tennissocken oder nassem Hundefell. Überrasche deine Eltern damit!

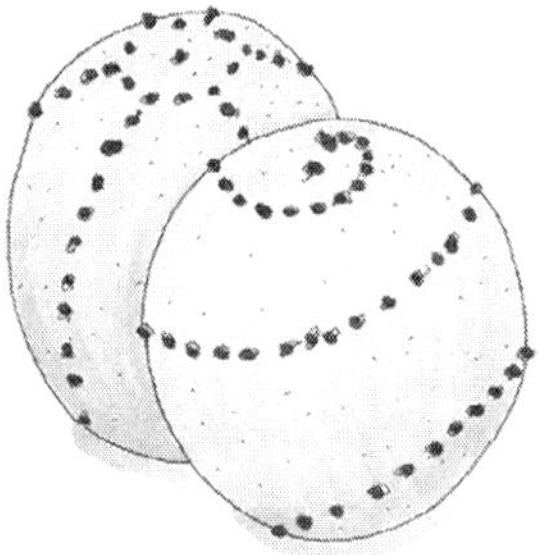

Du brauchst:

- 1 Orange
- 1 Packung Gewürznelken
- Einweghandschuhe
- Tannengrün

1. Zieh dir Einweghandschuhe an, sonst riechen deine Hände nach dem Basteln nach Nelken.
2. Stecke die Gewürznelken in die Orange. Du kannst dir auch Muster ausdenken: Sterne, Herzen oder Linien. Und schon bist du fertig!
3. Mit etwas Tannengrün kannst du die Orangen in einer Schale dekorieren. Auf dem Wohnzimmertisch sieht sicherlich hübsch aus. Für dein Zimmer kannst du auch einen kleinen Blumentopf nehmen und die Orange wie eine Blume auf die Öffnung legen.

Langsam wacht Benni auf. Ein Blick auf den Wecker verrät ihm, dass er noch Zeit hat bis zum Aufstehen.

Wann Twinkie wohl kommt?, fragt er sich.

Und schon hört er das vertraute Klingeln der Glöckchen. Kurz darauf klopft der Weihnachtself ans Fenster und Ben macht ihm auf.

»Guten Morgen, Ben! Hast du gut geschlafen?«

»Ja, tief und fest. Nur zu kurz.« Zur Untermalung gähnt er herzhaft. »Hast du dir schon eine Aufgabe einfallen lassen?«, fragt er Twinkie, der inzwischen an seinem Bettende sitzt.

»Ja, die Weihnachtsfrau und ich haben eine leichte Aufgabe für dich gefunden. Aber vorher habe ich mit dir ein Hühnchen rupfen.«

Ernst schaut er Ben an, dem sofort Angst und Bange wird.

»Okay, habe ich gestern etwas falsch gemacht?« Bennis Stimme zittert.

»Nein, die Aufgabe hast du erfüllt.« Twinkie fängt an zu lachen. »Du hast der Weihnachtsfrau allerdings einen großen Schrecken eingejagt. Da rennst du einfach weiter und erst im letzten Moment fällt dir die Tür wieder ein. Ich wusste es, aber die Weihnachtsfrau hatte eine Sekunde Angst, dass du der Aufgabe nicht gewachsen bist. Deswegen musste ich schnell zu dir reisen und dich nochmal erinnern.« Als Ben besorgt, schaut ergänzt er: »Keine Sorge, niemand außer dir kann mich sehen.«

Schuldbewusst schaut Benni zum Boden.

»Sagst du der Weihnachtsfrau, dass ich mich ab jetzt mehr anstrenge? Tut mir leid!« Er nuschelt ein bisschen, so peinlich ist es ihm. Aber dann fragt er, um es wieder gut zu machen: »Wie lautet denn die heutige Aufgabe?«

»Die Weihnachtsfrau hat lange überlegt. Was hältst du davon, wenn du heute einem Mitmenschen einen Gefallen tust?«

»Ich soll jemandem einen Gefallen tun?« Ben weiß nicht, was er davon halten soll. »Wie soll ich das denn machen? Ich meine, noch nie ist irgendjemand zu mir gekommen und hat gesagt: ›Kannst du mir einen Gefallen tun?‹«

Twinkie schmunzelt und winkt ab. »Mit Sicherheit hat dich schon jemand um etwas gebeten. Wusstest du, dass viele Menschen solche Bitten glatt überhören?«

Er legt eine kurze Pause ein und sieht Benni an.

»Hör einfach heute etwas genauer hin. Ich wette, es klappt.«

Twinkie schaut auf seine lustige Armbanduhr, die statt Zeigern und Zahlen verschiedene Weihnachtsmotive hat.

»So, jetzt muss ich aber zurück. Wenn etwas ist, ruf mich. Die Weihnachtsfrau und ich beobachten dich, genauso wie der Weihnachtsmann. Wir sehen uns morgen.«

Eilig schwingt er sich auf Rudolph und gemeinsam fliegen sie davon. Ben schließt das Fenster hinter dem Weihnachtself und lässt sich grübelnd nochmal ins Bett fallen. Die Aufgabe klingt in seinen Ohren verdammt schwierig. Er hätte Twinkie fragen sollen, was passiert, wenn ihn niemand um einen Gefallen bittet. Ben hofft nur, dass ihm dann etwas anderes einfällt. Jetzt ist aber erst einmal Zeit für die Schule. Ben zieht sich zügig an, putzt sich die Zähne und geht in die Küche, wo seine Mutter ihm schon die Brotdose hinhält. Dann trottet er zum Bus.

Die Zeit in der Schule vergeht wie im Flug. Schon den ganzen Tag denkt Ben darüber nach, wie er Twinkies Aufgabe erfüllen kann. Inzwischen bricht schon die letzte Schulstunde an und noch immer hat er keine Idee. In der Klasse tobt ein wildes Durcheinander. Jeder will endlich ins Wochenende starten. Alle reden miteinander und niemand achtet auf die Lehrerin.

»Wollen wir Samstag ins Kino?«, fragt Hannah Benni, der neben ihr in der Bank sitzt. »Es läuft *Findet Nemo* und *Dorie* nacheinander.«

»Klar, dafür dürfte mein Taschengeld von dieser Woche noch reichen.« Er überlegt kurz und kratzt sich am Hinterkopf. »Heute regnet es zur Abwechslung mal nicht. Lust nachher auf eine Runde Fußball? Oder wollen wir am Baumhaus weiterarbeiten?«

»Ich bin für Fußball«, mischt sich Michael von hinten ein.

»Oh nö, ich bin für Baumhaus«, erwidert Hannah.

Benni stöhnt genervt auf. *Warum können sie sich nicht einmal einig sein?*, schießt es ihm durch den Kopf.

»Wie wäre es, wenn wir erst am Baumhaus arbeiten. Und wenn uns kalt wird, spielen wir Fußball. Dann wird uns wieder warm«, schlägt er deswegen vor.

Sie sind so in ihre Unterhaltung vertieft, dass sie gar nicht mitbekommen, dass Frau Maarten einen Tafelanschrieb macht. Dem Rest der Klasse geht es nicht anders und so merkt keiner, dass ihr die Kreide ausgeht. Zum Glück ist die Klassenlehrerin ziemlich cool. In der letzten Stunde am Freitag nimmt sie es niemandem übel.

»Wäre jemand so lieb, mir neue Kreide aus dem Lehrerzimmer zu holen?«, versucht sie es mit lauter Stimme.

Sie wartet einige Sekunden. Doch keiner kümmert sich um ihre Frage. Jeder ist mit einem seiner Nachbarn beschäftigt.

»Keiner?«, seufzt sie und entschließt sich, selbst die Kreide zu holen. Kurz bevor sie die Tür erreicht, dringt die Bitte endlich zu Benni durch. Mit einem Ruck dreht er sich zur Lehrerin um.

»Warten Sie, Frau Maarten! Ich hole ihnen gerne die Kreide.«

Verwirrt verfolgt sie, wie Ben eilig die Klasse verlässt und wenige Minuten später zurückkehrt.

»Bitteschön, Frau Maarten!«, sagt er und reicht ihr die Kreide. Zurück an seinem Platz, fängt Hannah sofort an, ihn zu ärgern.

»Benni, der edle Ritter der Goethe-Schule.«

Sie kichert. Einige andere Klassenkameraden stimmen ein.

»Ben Andresen, dein Freund und Helfer in der Not.«

Das Lachen wird lauter.

»Ist das ansteckend?«, erkundigt sich Michael.

»Ihr seid so was von doof«, beschwert sich Ben mit glühenden Ohren.

»Kinder, was ist denn heute los? Darf ich erfahren, worüber ihr lacht? Möglicherweise erheitert es mich auch.« Fragend blickt Frau Maarten zwischen den Schülern hin und her. Die Klasse verstummt und keiner sagt etwas. Ben seufzt und versucht, das Beste aus der Situation zu machen.

»Ach, ich wurde nur zum Superhelden erkoren, weil ich Kreide geholt habe. Sie dürfen mich ab jetzt gerne Ben, Wochenend-Gute-Laune-Held nennen.«

»Na, wenn das so ist! Superhelden haben heute keine Hausaufgaben auf«, sagt sie und zwinkert Ben zu. Der Rest der Klasse stöhnt laut auf. Nur Ben grinst fröhlich vor sich hin. Die Aufgabe ist erledigt und er hat sogar keine verhassten Mathe-Hausaufgaben auf. Besser hätte es nicht laufen können.

Bastel-
tipp

Tannenzapfenbäume

Bevor der große Tannenbaum ins Zimmer kommt, kannst du schon mal eine paar kleine als Dekoration basteln. Auf der Fensterbank sehen die grünen Tannenbäumchen schön aus. Natürlich kannst du auch weiße Weihnachtsbäume machen – wie du magst.

Du brauchst:
- ✭ getrocknete Kiefernzapfen
- ✭ Zeitungspapier
- ✭ Glitzerpulver
- ✭ grüne Fingerfarbe oder Acrylfarbe
- ✭ Pinsel
- ✭ bunte Filzkugeln, Lametta
- ✭ Kleber

1. Sammle die Kiefernzapfen am besten ein oder zwei Tage, bevor du damit basteln möchtest. Vielleicht bei einem schönen Spaziergang mit deinen Eltern.
2. Trockne sie auf der Heizung, danach lassen sie sich besser mit Farbe bemalen.
3. Zum Bemalen nimmst du einen Pinsel. Oder tunkst die Kiefernzapfen einfach in die Farbe.
4. Bestreue sie mit etwas Glitzerpulver.
5. Stelle sie nun zum Trocknen auf Zeitungspapier. Die Farbe sollte spätestens nach 1–2 Stunden trocken sein. Teste es an einer kleinen Stelle aus.
6. Wenn die Farbe trocken ist, klebst du die bunten Filzkugeln auf die »Zweige«. Auch mit Lametta kannst du sie verzieren.

Verschlafen reibt sich Ben die Augen.

»Erde an Benni!« Twinkie steht auf dem Fenstersims und klopft an die Scheibe. »Öffnest du mir das Fenster?«

Gähnend erhebt sich Ben und lässt den Elf in sein Zimmer. Wie schon am Tag zuvor setzt Twinkie sich ans Bettende. Ben kuschelt sich wieder unter die Decke.

»Wie spät ist es?«, fragt er und versucht, seine Müdigkeit zu vertreiben.

»Es ist schon fast acht, du Schlafmütze«, klärt Twinkie ihn auf.

»Erst? Es ist Wochenende! Schlaft ihr nie aus?«, stöhnt Ben und schließt wieder die Augen.

»Doch.« Der Elf stemmt empört die Hände in die Hüfte. »Wir schlafen selbstverständlich aus. In der Woche stehen wir grundsätzlich um 4 Uhr morgens auf. Samstags genügt uns 4 Uhr 30 und am Sonntag klingelt der Wecker sogar erst um 4 Uhr 55. Viel länger könnte ich gar nicht mehr schlafen.«

Ben schüttelt fassungslos den Kopf. »Wir haben anscheinend andere Auffassungen vom Ausschlafen. Egal. Hat der Weihnachtsmann gestern meine gute Tat mit der Kreide gesehen?«

Twinkie nickt.

»Frau Maarten war so begeistert, dass ich sogar keine Hausaufgaben aufbekommen habe«, berichtet Benni voller Stolz.

»Ja, das haben wir gesehen. Der Weihnachtsmann war jedoch etwas enttäuscht. So etwas wie Kreide holen sollte eigentlich selbstverständlich sein, genauso wie Zuhören, wenn eine Lehrerin redet.« Twinkie überlegt einen kurzen Augenblick. »Ich sollte mir daher eine leichtere Aufgabe für dich ausdenken.« Ben sieht Twinkie an, dass er nachdenkt, bevor er weiterspricht: »Schenke einem Fremden ein freundliches Lächeln. Es kostet nichts und macht trotzdem glücklich.«

»Das ist eine leichte Aufgabe. Das bekomme ich mit links hin!«

Ben wirkt erleichtert, als er den Elf zum Fenster begleitet. Zum Abschied winkt er ihm nach und schüttelt dann den Kopf.

»Selbstverständlich ...«, äfft er Twinkie nach, als dieser schon längst weg ist. »Wenn alles so selbstverständlich ist, warum gibst du mir dann nicht einfach anspruchsvollere Aufgaben?«

Ben legt sich noch mal ins Bett und schläft sogar wieder ein. Als er erneut aufwacht, ist es 10 Uhr. Nach einem ausgiebigen Frühstück mit Nutella-Toastbroten und kalter Milch beschließt Ben, den Wochenendeinkauf zu erledigen. Er schnappt sich die Liste, die seine Mutter ihm hinterlassen hat.

»Sieht aus, als würde es heute Hackbraten geben und morgen Spinat«, sagt er nach einem Blick auf den Einkaufszettel.

Obwohl es draußen nieselt, macht er sich auf den Weg in die Stadt. Unterwegs sieht er auf der anderen Straßenseite seine beste Freundin Hannah und ihre Mutter. Für den Nachmittag sind sie ins Kino verabredet. Er ruft ihren Namen und winkt er ihr zu. Als er im Supermarkt ist, beschließt er, eine Tüte Gummibären für sich und Hannah zu kaufen.

Es dauert einige Zeit, bis alles von der Liste im Einkaufswagen liegt. Als er zur Kasse kommt, sind nur drei der zehn Kassen geöffnet. An jeder stehen mehrere Leute. Ben stellt sich an die kürzeste Schlange an. Nur langsam geht es voran.

»Warum können die nicht mal eine Kasse mehr aufmachen. Jeden Samstag das gleiche Theater«, brummt er genervt vor sich hin.

Nach einer gefühlten Ewigkeit ist nur noch eine Frau vor ihm. Ben beobachtet die Kassiererin bei ihrer Arbeit. Ein Teil nach dem anderen zieht sie über den Scanner. Geschafft. Am liebsten würde er applaudieren. Jetzt muss die alte Dame nur noch bezahlen.

»Können Sie mir helfen, junge Frau? Meine Augen sind nicht mehr die Besten.« Die Frau hält der Kassiererin ihre Geldbörse unter die Nase. »Das ist wirklich reizend von Ihnen.«

Ben ist inzwischen genervt und atmet extrem laut aus. Ihm liegt ein übellauniger Spruch auf den Lippen. Doch dann sieht er das müde Gesicht der Kassiererin und erinnert sich an Twinkies Auftrag.

Er schluckt den Spruch herunter und lächelt die Kassiererin an. Erst wirkt es künstlich, aber als die Kassiererin seinen Blick auffängt und ein kleines Lächeln über ihr Gesicht huscht, merkt sogar Ben, wie sein Lächeln nun vom Herzen kommt. Jetzt versteht er, warum ein Lächeln eine gute Tat ist.

»Dankeschön!« Damit reißt die alte Frau Ben aus seinen Gedanken. Sie verabschiedet sich noch und nach über 20 Minuten Wartezeit ist Ben endlich an der Reihe. In diesem Augenblick fällt ihm ein Spruch ein, den seine Mutter öfter sagt.

»Wenn ich alt bin, kann ich nur hoffen, dass ich auf eine so freundliche Kassiererin wie Sie treffe«, lobt Ben sie.

Die alte Dame hört es und dreht sich um: »Da kann ich dem jungen Mann nur zustimmen.«

Die Frau an der Kasse wird etwas rot und bedankt sich bei beiden. Als Ben den Laden verlässt, dreht er sich nochmal um. *Inzwischen sieht sie nicht mehr so müde aus, sondern irgendwie fröhlicher,* freut sich Ben im Stillen. Vergnügt vor sich hin summend macht er sich auf den Rückweg.

Am Nachmittag hat Ben allerdings schon wieder vergessen, was ein Lächeln alles bewirken kann. Als im Kino ein kleiner Junge in der Reihe vor ihm anfängt zu weinen, macht er sich mit Hannah über ihn lustig: »Guck dir mal das Baby an. Hat Angst vor dem großen, bösen Hai.« Beide lachen laut.

Die Mutter nimmt ihren Sohn in den Arm und flüstert ihm etwas ins Ohr.

»Meinst du wirklich, die hatten früher auch Angst vor solchen Sachen?«, fragt er schniefend.

»Mit Sicherheit, mein Schatz.«

Ben und Hannah schütteln lachend den Kopf und werfen mit Popcorn nach dem Jungen. Erst, als sich die Mutter umdreht und sie wütend anfunkelt, hören sie auf und konzentrieren sich wieder auf den Film.

Dem Weihnachtsmann bleibt dieser Nachmittag nicht verborgen.

»TWINKIE!«, brüllt er durch die ganze Werkstatt. Der Elf kommt angerannt und schaut seinen Chef erwartungsvoll an.

»Hast du dir deinen Schützling einmal angeschaut? Richtig gemein war er zu dem kleinen Jungen. Schreib auf, dass Dennis ein extra Auto bekommt.«

Kaum ist der Satz ausgesprochen, ärgert er sich über sich selbst.

»Was rede ich da überhaupt.« Wütend stampft er auf. »Schließlich lasse ich wegen solcher Gemeinheiten Weihnachten ausfallen.

Meinst du, die Kleinigkeiten, die Ben richtig macht, können mich noch umstimmen?«

Der Weihnachtsmann lacht mit seiner tiefen Stimme, steht auf und geht nach draußen in die Winterlandschaft, um einen Spaziergang zu machen. Besorgt sieht Twinkie ihm nach.

Bastel-
tipp

Winterliches Windlicht

Wenn es draußen dunkel ist, kannst du mit dieser Bastelidee auf die Deckenbeleuchtung verzichten. Angezündet sieht das Windlicht total schön aus und macht das Zimmer gemütlich. Wenn du verschiedene Windlichter bastelst, hast du gleich tolle Weihnachtsgeschenke.

Du brauchst für 1 Windlicht:

- 1 großes Glas z. B. ein Gurkenglas
- buntes Transparentpapier
- Kleber
- Schere
- Bastelkleber aus der Dose zum Sprühen
- Bast
- Teelicht

1. Reinige das Glas und trockne es gut ab.
2. Besprühe es mit Bastelkleber und wickele gleichmäßig das transparente Papier drum herum. Danach das Papier am Rand sauber abschneiden.
3. Aus dem restlichen Papier kannst du Sterne, Herzen und anderes ausschneiden und mit dem normalen Kleber auf dem Glas befestigen.
4. Den Bast wickelst du oben um den Rand als Abschluss.
5. In das Glas stellst du nun das Teelicht. Fertig!

4

Energisch klopft Twinkie an die Scheibe. Anders als sonst lächelt er nicht. Die Augen sind ernst auf Ben gerichtet. Er wartet darauf, dass dieser endlich das Fenster öffnet.

»Das wird auch Zeit. Du hast eindeutig genug geschlafen.«

»Wie wäre es erst einmal mit guten Morgen«, wirft Ben gähnend ein.

»Dazu müsste der Morgen erst einmal gut sein«, antwortet Twinkie und lässt sich laut schnaubend aufs Bett fallen.

Ben ist schlagartig wach.

»Was ist denn los?«, erkundigt er sich besorgt. »Bis jetzt läuft es doch prima. Ich habe alle Aufgaben erfüllt.« Mutig lächelt Ben den kleinen Elf an.

»Du findest, es läuft prima? Da hast du ein völlig falsches Bild. Um den Weihnachtsmann zu überzeugen, strengst du dich zu wenig an.« Twinkie sackt zusammen und atmet laut aus. »Ben, du musst dich auf deine Aufgabe konzentrieren. Du darfst nie vergessen, dass du unsere einzige Hoffnung bist. Nicht nur die von uns, sondern die aller Kinder.«

»Das weiß ich und deswegen gebe ich mir große Mühe!«, bestätigt Ben und strahlt von einer Backe zur anderen.

»Ja, du gibst dir Mühe, eine Aufgabe zu erfüllen und sobald du sie erfüllt hast, denkst du keine Sekunde mehr daran.«

Ben zieht die Stirn fragend nach oben. »Das verstehe ich nicht.«

»Erinnerst du dich an gestern? Du bist mit deiner Freundin Hannah im Kino gewesen«, versucht es Twinkie.

»Klar erinnere ich mich daran. *Findet Nemo* und *Dorie*. Die Filme sind absolute klasse. Wir hatten richtig viel Spaß!«, erzählt Ben und fragt sich, worauf Twinkie bloß hinauswill.

»Das haben wir gesehen. Aber der kleine Junge, über den du und Hannah gelacht habt, fand den Nachmittag nicht schön. Er hatte Angst vor den riesigen Zähnen und ihr habt ihn ausgelacht. Das war nicht nett, sondern richtig fies.«

»Oh!«, haucht Ben und lässt die Schultern hängen.

»Das Problem ist, dass du nach den Aufgaben denkst, die Sache ist erledigt. Weißt du, wie sich der Weihnachtsmann gefreut hätte, wenn du dem Jungen gesagt hättest, dass er keine Angst haben muss? Denk mal darüber nach«, empfiehlt ihm Twinkie. »Klar, geht es darum die Aufgaben zu erfüllen. Aber versuche, auch danach etwas umsichtiger zu werden. Ich weiß, du meinst es nicht böse.« Er atmet aus. »Im Gegensatz zum Weihnachtsmann glauben seine Frau und ich weiterhin an dich!«

»Danke. Ich gebe mir ab jetzt mehr Mühe«, verspricht Ben und ist erleichtert, dass die Weihnachtsfrau ihn nicht aufgegeben hat. »Habt ihr für heute schon eine Idee?«

Twinkie nickt. »Uns ist aufgefallen, dass viele Menschen ihren Müll achtlos hinwerfen. Wir dachten uns, dass du dir heute einmal bewusst eine gute Tat im Bereich Müllentsorgung einfallen lässt.« Twinkie verlässt Ben und macht sich auf den Weg zurück zum Weihnachtsmann.

Einige Zeit starrt Ben ihm hinterher und denkt über das Gespräch nach. Am Ende seiner Überlegungen steht er auf und läuft ins Badezimmer, um sich die Zähne zu putzen.

»Das habe ich mir alles leichter vorgestellt. Ein ganz schön harter Hund, dieser Weihnachtsmann«, sagt er zu seinem Spiegelbild. Er dreht sich zum Fenster und hebt kampfeslustig die Faust. »Ab jetzt zeig ich dir, was in uns Kindern steckt. Hast du gehört, Weihnachtsmann! Ich gebe nicht kampflos auf und überzeuge dich schon noch!«

In diesem Moment kommt ihm eine Idee. Schnell spült er sich den Mund aus, geht in die Küche und legt seiner Mutter einen Zettel hin:

Ich bin mit Hannah verabredet. Bin um 18.00 zurück. Hdl.

Er holt sein Fahrrad aus dem Keller und fährt in Richtung Park.

Am Eingang schließt er seinen Drahtesel ab und läuft zu Fuß zum See. Unterwegs hält er Ausschau nach einem Stock.

»Der sieht perfekt aus«, sagt er laut vor sich hin, als er einen stabilen Ast findet.

Am Ufer des Sees angekommen, fischt er den Müll aus dem Schilf, aus Sträuchern und vom Gras. Wenn er genug zusammengetragen hat, wirft er es in einen nahe gelegenen Mülleimer. Er spielt Entdecker und Schatzsucher. Völlig vertieft arbeitet er vor sich hin.

»Hey, was treibst du da?«

Ben schreckt zusammen. »Mensch Hannah, warum bist du denn schon hier?«

»Schon? Hast du mal auf die Uhr geschaut? Du wolltest mich vor 45 Minuten abholen«, rügt Hannah ihn. »Ich dachte, du hast verschlafen und bin extra zu dir gelaufen. Deine Mutter hat mir die Tür aufgemacht und meinte, du seist schon seit einigen Stunden unterwegs.« Interessiert schaut sie ihn an. »Also, was stellst du da an?«

»Äh, ich spiele Sachensucher«, antwortet Ben zaghaft und spürt, dass er rot anläuft. »Guck mal, ich hab schon zwei Euro in Pfandflaschen gefunden und dieses Spielzeugauto.« Mit einem schrägen Lächeln überspielt er seine Unsicherheit. Ihm ist es peinlich, dass Hannah ihn dabei entdeckt hat.

»Hmm, irgendwie cool. Warum hast du nicht gefragt, ich hätte gerne mitgespielt. Jetzt warten die anderen aber schon. Kommst du Fußballspielen?«

Erleichtert nickt Ben. »Einen kleinen Moment, ich räume nur schnell den Müll weg.«

Hannah rollt mit den Augen und rennt schon einmal zu ihrem Fahrrad, um vorauszufahren. Wenige Minuten nach ihr erscheint Ben beim Fußballplatz. Hannah, Michael, Timo, Joey und Lars stehen am Rand und schießen sich den Ball hin und her.

»Da ist ja unser fehlender Mitspieler. Dann können wir ja endlich anfangen! «, ruft Michael und rennt mit dem Ball auf den Platz.

Wild bolzen sie herum und haben ihren Spaß. Zwischendurch legen sie öfters eine Pause ein. Sie trinken etwas und naschen Chips, Gummibärchen und andere leckere Dinge. Als die Dämmerung einsetzt, machen sie sich auf den Nachhauseweg. Vorher aber hebt Benni bewusst seinen Müll auf. Die pfandfreie Saftflasche und die Chipstüte. Beides wirft er in die Mülltonne, die neben der Bank steht. Nur Hannah und Michael lassen ihren Müll am Spielfeldrand liegen. Das ärgert Ben.

»Du weißt, dass da vorne ein Mülleimer ist?«, fragt Ben seine beste Freundin.

»Ja und? Das kann ja jemand anderes wegräumen.« Hannah schnappt sich den Ball und klemmt ihn unter den Gepäckträger.

»Wo ist denn das Problem, deinen Müll selbst wegzuwerfen? Wenn jeder seinen Mist liegen lässt wie du, dann sieht es hier bald aus wie in deinem Zimmer.«

Die anderen lachen über den Witz, denn jeder von ihnen kennt ihr Zimmer. Es sieht immer aus, als hätte eine Bombe eingeschlagen. Hannah wirft ihm einen bitterbösen Blick zu.

»Kann ja nicht jeder so ein Musterknabe sein wie du.« Mit einem beleidigten Gesichtsausdruck hebt sie ihre Dose und die Gummibärchentüte auf und trägt sie zum Mülleimer. »So zufrieden, du Sklaventreiber?«, erkundigt sie sich.

»Ach komm schon, reg dich ab, Hannah. Benni hat recht. Wenn alle ihren Mist hier lassen, sieht es hier bald aus wie auf einer Müllhalde«, wirft Lars ein.

Wenige Minuten später ist alles entsorgt und die Kinder fahren los. Am Ende des Parks verabschieden sie sich: »Bis morgen in der Schule!«

Diesmal schaut der Weihnachtsmann überrascht zu, wie Benni die Aufgabe gelöst hat. Er versteht zwar nicht, warum es ihm peinlich war, beim Säubern des Sees erwischt zu werden, aber der Spruch mit dem Zimmer bringt sogar den Weihnachtsmann zum Schmunzeln. Und es ist verdammt schwer, ihn zum Lachen zu bringen.

Bastel-tipp

Weihnachtliches Spiel

Draußen ist es ungemütlich und du willst mal etwas anderes spielen als sonst? Dann bastel dir doch dein eigenes Brettspiel und lade deine Eltern, Geschwister oder Freunde zum Mitspielen ein.

Du brauchst:

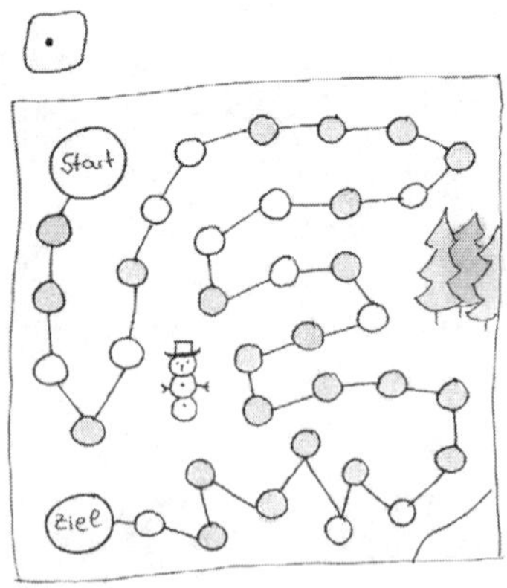

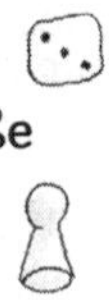

- ★ 1 großes Stück dicke Pappe DIN A3 (z. B. Zeichenblock-Rückseite)
- ★ 1 rotes oder weißes Stück Tonpapier in der gleichen Größe
- ★ bunte Filz- oder Gelstifte
- ★ 4 Spielfiguren
- ★ 1 Würfel
- ★ Kleber

1. Klebe das Tonpapier auf einer Seite der Pappe auf.
2. Male mit vier verschiedenen Farben ungefähr 30–40 Kreise auf das Spielfeld. Überlege dir vorher für jede Farbe eine Aufgabe. Ein roter Kreis könnte »einmal aussetzen« bedeuten, ein lila Kreis »eine Strophe eines Weihnachtsliedes singen« oder »drei Runden aussetzen«. Denke dir lustige Aufgaben aus!
3. Die Kreise verbindest du mit einer Linie, sodass es einen Weg durch das Spiel gibt. Ein Kreis ist der Start, ein anderer Kreis ist das Ziel. Markiere sie sichtbar.
4. Nun malst du Weihnachtsmotive auf die Pappe: Weihnachtsmann, Rentiere, Tannenbäume, Kekse, Sterne. Du kannst aber auch eine Landschaft malen, die Kreise sind dann der Weg.
5. Nun kann gespielt werden! Denkt euch eure eigenen Regeln aus.

»Hallo Twinkie!« Ben öffnet das Fenster, bevor der kleine Elf überhaupt die Hand zum ersten Klopfen heben kann. »Ich habe dich schon erwartet.«

Nervös schließt er das Fenster wieder, als Twinkie ins Zimmer gekommen ist.

»Habe ich die Aufgabe gestern besser gelöst oder ist der Weihnachtsmann noch immer enttäuscht?« Unsicher wartet er auf die Antwort.

Twinkie hüpft lächelnd aufs Bett und lässt sich im Schneidersitz nieder: »Da hat ja jemand ein schlechtes Gewissen.«

»Na ja, du hattest schon recht«, gesteht Ben und schaut beschämt auf die Bettdecke. »Keine Sorge, diesmal hast du es sogar geschafft, den Weihnachtsmann zum Lächeln zu bringen. Im Moment ist er ein echter Grummelbart. Du kannst folglich stolz auf dich sein.« Der Weihnachtself zeigt ihm den Daumen nach oben. »So sollten wir den Weihnachtsmann überzeugen können.«

»Puh, da bin ich froh«, erleichtert setzt sich Ben zu Twinkie aufs Bett.

»Habt ihr euch bereits eine Aufgabe überlegt, die ich heute erfüllen soll?«, stellt Ben seine tägliche Frage.

»Die Weihnachtsfrau hat sich etwas Schönes einfallen lassen. Was hältst du davon, wenn du heute als gute Tat irgendetwas teilst?«

»Hmm«, Ben überlegt angestrengt und legt die Stirn in Falten, »das klingt nach einer anständigen Aufgabe.«

»Na dann, wir sind gespannt, wie du es löst.« Twinkie steht auf und begibt sich zum Fenster. »Vergiss aber nicht, dass dich der Weihnachtsmann genau beobachtet.«

Ben nickt nur, um ihn zu zeigen, dass er verstanden hat.

Nachdem Benni das Fenster geschlossen hat, setzt er sich an seinen Schreibtisch. In Gedanken geht er die Dinge durch, die er teilen könnte: Sein Schulbrot? Den Kakao vom Schulkiosk? Ein Kaugummi?

Quatsch, das sind alles doofe Ideen. Ich will den Weihnachtsmann beeindrucken, denkt Benni und verwirft alle Überlegungen. Seufzend erhebt er sich und macht sich startklar für die Schule.

In der Frühstückspause teilt er seine Milchschnitte und sein Schulbrot mit Hannah. Ständig vergisst sie ihres im Kühlschrank. Diese kleine Geste ist für Ben normal und deshalb nicht der Rede wert. Wenn er schon nicht überzeugt ist, dann der Weihnachtsmann mit Sicherheit erst recht nicht.

Am Nachmittag ist er mit Hannah und den anderen im Park verabredet. Bevor er sich zum Treffpunkt aufmacht, geht er mit seinen 10 Euro Taschengeld in den Supermarkt. Er kauft eine große Tüte Chips, ein Paket Äpfel, Würstchen und eine Liter Flasche Cola. *Das sollte ausreichen, damit heute keiner verhungert*, denkt er.

Hannah hat vom Baumarkt einige Holzreste für das Baumhaus geschenkt bekommen. Jetzt können sie endlich an ihrem Geländer arbeiten. Voller Vorfreude geht Ben zielstrebig durch den Park. Am anderen Ende fängt unmittelbar der *Dunkelwald* an. Dort befindet sich in dem Geäst einer dicken Linde ihr Baumhaus.

Hannah müsste schon da sein, denkt sich Ben nach einem Blick auf die Uhr. Er versucht, sich zu beeilen, damit seine Freunde nicht ohne ihn anfangen. Plötzlich sieht er John, den stadtbekannten Obdachlosen. John durchwühlt fleißig eine Mülltonne nach Pfandflaschen und etwas Essbarem. Neben ihm steht sein Einkaufswagen gefüllt mit Plastiktüten.

Ben bleibt stehen. »Hallo John«, ruft er und schirmt mit der Hand über den Augen die Sonne ab. »Hast du Hunger?«

Ohne aufzublicken, brummt er vor sich hin. »Hunger? John hat immer Hunger. Ganz furchtbaren Hunger. Essen wärmt. Wusstest du das?«

John richtet sich auf, packt eine Pfandflasche in seinen Wagen und dreht sich zu Ben um. »Bist du auf dem Weg zum Baumhaus? Kann John helfen? Arbeit wärmt.«

In den letzten Wochen hatte John öfters geholfen. Bevor er arbeitslos wurde, arbeitete er als Schreiner. Wenn einer mit Holz umgehen kann, dann er.

Ben nickt ihm zu. »Klar, komm mit.«

John folgt ihm und hilft beim Bau des Geländers. Als sie eine Pause einlegen, teilt Ben die eingekauften Sachen nicht nur mit seinen Freunden, sondern auch mit John.

»Hmm, das schmeckt lecker«, freut sich dieser. »John bedankt sich!«

Die Kinder schmunzeln, weil John gerne mal in der dritten Form von sich redet. Obwohl sie es kennen, finden sie seine Macke jedes Mal aufs Neue lustig.

Nach einer weiteren Stunde sind sie fertig. Die Gruppe beschließt, für heute Schluss zu machen. Im Park gehen schon nach und nach die Lampen an.

»John wünscht euch einen angenehmen Abend. Wenn ihr wieder Hilfe braucht, fragt ruhig den alten John.«

Zum Abschied winken die Kinder und stapfen los.

Ben und die anderen sind schon einige Meter gegangen.

»Ohne John hätten wir viel länger gebraucht. Es ist echt lieb, dass er uns immer hilft«, meint Hannah. »Schade, dass du nicht mehr zum Essen gekauft hast, Ben. Sonst hätten wir es John schenken können. Wer weiß, wann er wieder genug Flaschen gesammelt hat, um sich etwas zu Essen zu kaufen.«

Plötzlich weiß Ben, mit welcher guten Tat er den heutigen Tag füllen möchte. Er kramt in seiner Jackentasche herum, bis er findet, was er sucht. In der Hand hält das Wechselgeld vom Supermarkt. Sein restliches Taschengeld für die Woche.

»Hey, Leute, wartet mal!«, ruft er.

Die anderen sind schon einige Schritte weitergegangen.

»Wer von euch hat Geld dabei? Wir können zusammenlegen und es John geben.«

Ben bemerkt die verwunderten Blicke.

»Als Dankeschön, weil er uns so toll geholfen hat!«

Michael nickt und holt ein 2-Euro-Stück aus seiner Hosentasche. Hannah steuert 6 Euro bei. Am Ende haben die Kinder 12 Euro 54 beisammen. Ben rennt zu John zurück, der nach wie vor beim Baumhaus steht und irgendetwas in seinem Einkaufswagen sucht.

»Hey John! Wir haben hier eine Kleinigkeit für dich«, sagt Ben etwas atemlos. »Wir haben gesammelt. Als Lohn sozusagen.« Verlegen kratzt er sich am Hinterkopf. »Du kannst es sicherlich gut gebrauchen. Und noch mal: Danke!«

Er drückt dem verdutzten John das Geld in die Hand und winkt zum Abschied.

»John bedankt sich«, hört Ben ihn hinterherrufen.

Als er die Gruppe einholt, klopft Hannah ihm auf die Schulter. »Mensch, Benni, du kannst ja echt selbstlose Ideen haben. Sollten wir viel öfters machen. Ich glaube, ich bring John morgen mein Schulbrot.«

Ben lächelt zufrieden und beeilt sich, nach Hause zu kommen.

Bastel-tipp

Butterkeks-Häuser

Hast du schon einmal ein Lebkuchenhaus gebastelt? Es macht Spaß, aber am Ende bleibt die Hälfte übrig, weil man sich satt gegessen hat. Diese kleinen Kekshäuser wirst du garantiert komplett vernaschen. Lass dir beim Herstellen vom Zuckerguss und dem ersten Häuschen helfen.

Du brauchst für 10 Häuser:

- ★ 1 Paket Puderzucker
- ★ Eiweiß von einem Ei Gr. I
- ★ 30 Butterkekse
- ★ 10 Dominosteine
- ★ 1 Tasse Smarties
- ★ 10 Gummibärchen
- ★ 10 Teelöffel Kokosraspeln
- ★ Gefrierbeutel

1. Zuckerguss machen:
   Eiweiß steif schlagen und den Puderzucker hinzugeben, bis eine zähflüssige Paste entstanden ist. Masse in einen Gefrierbeutel füllen und unten eine winzige Ecke abschneiden.
2. Einen Keks auf ein Brett legen. In die Mitte einen Klecks Zuckerguss geben, den Dominostein hineindrücken.
3. Ein Dach bauen: zwei Kekse hochkant aneinander lehnen, unten und oben mit dem Zuckerguss zusammenkleben. Oben ein paar Kokosraspeln als Schnee draufstreuen.
4. Wenn der Zuckerguss nach etwa 10–20 Minuten getrocknet ist, die Außenseiten mit Smarties bekleben. In den Eingang mit Zuckerguss ein Gummibärchen hinsetzen. Fertig!

Der Wecker zeigt 20 Uhr an, als es an die Scheibe klopft. Ben, der in ein Buch vertieft ist, zuckt zusammen. Als er zum Fenster schaut, sieht er seinen Elfenfreund. Rasch lässt er ihn rein und streichelt kurz Rudolphs Schnauze.

»Das war eine echt außergewöhnliche Idee!«, lobt Twinkie Ben. »Wusstest du, dass Hannah heute Abend mit ihrer Mutter nach John gesucht hat? Sie haben ihm einen warmen Wintermantel gebracht und ihn zu *Joopsies Grill* eingeladen.«

»Ehrlich? Dass ich darauf nicht selber gekommen bin«, ärgert sich Ben über die verpasste gute Tat.

»Sie haben sogar noch mehr gemacht. Euer Baumhaus hat deine Freundin darauf gebracht, dass John bei dem Wetter draußen schläft. Erst überlegte Hannah, John anzubieten, im Baumhaus zu schlafen. Aber da ist es nur wenig geschützter. Ihre Mutter hatte die bessere Idee. John darf den ganzen Winter bei ihnen im Gartenhäuschen schlafen.« Twinkie nickt Ben lächelnd zu. »Mit deiner Idee Geld zu sammeln, hast du einiges bewirkt. Sei stolz auf dich!«

Ben strahlt übers ganze Gesicht. Obwohl er nicht selbst auf die Idee gekommen ist, freut ihn das Lob.

»Und, was soll ich morgen machen?«,.

Er kann die nächste Aufgabe mit einem Mal nicht mehr erwarten. Nach den beiden Erfolgen hat er ein richtig glückliches Gefühl in der Bauchgegend.

»Hast du vielleicht selbst eine Idee für deine gute Tat?«, fragt Twinkie seinen Schützling.

Damit hatte Benni nicht gerechnet. Sein Blick wandert zur Decke, während er überlegt.

»Denk einmal genau nach. Was ist morgen für ein Tag?«, ermutigt ihn Twinkie.

»Hmm. Es ist Nikolaus. Aber wie soll mir das helfen?«, grübelt Benni laut. Da hat er einen Geistesblitz.

»Ich könnte jemand anderem den Schuh füllen!«, ruft er.

»Genau. Darauf wollte ich hinaus«, stimmt ihm Twinkie zu. »Du könntest deiner Mutter den Schuh befüllen. Jetzt solltest du aber unbedingt schlafen, damit du morgen früh nicht verschläfst.« Twinkie verabschiedet sich.

Bevor Benni einschläft, macht er sich Gedanken, was er seiner Mutter schenken könnte. *Auf eine solche Idee, wäre ich niemals im Leben gekommen*, schießt es ihm durch den Kopf. Dabei ist es genauer betrachtet eine liebevolle Geste. Wenn er darüber nachdenkt, dann hat noch keiner seiner Freunde jemals seinen Eltern etwas zum Nikolaus geschenkt.

Am nächsten Morgen steht er ganz besonders früh auf. Sein Wecker klingelt pünktlich um 6 Uhr. Extra eine Stunde früher als sonst. So leise wie möglich schüttelt er sein Sparschwein aus. Viel kommt nicht raus. Aber es sollte für seine Idee reichen. Im Eiltempo zieht er sich an und läuft zum Bäcker um die Ecke.

»Guten Morgen«, begrüßt er die Verkäuferin. »Ich habe hier 3 Euro, bekomme ich dafür Rumkugeln?«

Überrascht schaut sie ihn an. »Hallo Ben. Ich glaube, Rumkugeln sind noch nichts für dich. Möchtest du lieber eine Tüte mit frischen Marmeladenkeksen? Die magst du doch so gern.«

»Nein, danke. Die Rumkugeln sind nicht für mich, sondern für meine Mutter. Heute ist doch Nikolaus. Ich will ihr die Kugeln in den Stiefel stecken. Falls ich für das Geld eine Tüte mit Rumkugeln bekomme«, erzählt er ihr.

»Das ist aber eine wunderbare Idee«, antwortet die Verkäuferin mit einem verschmitzten Gesichtsausdruck. Sie legt ihre Finger auf die Lippen. »Aber psst! Eigentlich darf ich dir noch keine Rumkugeln verkaufen.« Sie geht zur Auslage mit dem Gebäck und packt einige von den Mini-Rumkugeln in eine durchsichtige Tüte. Außerdem greift sie sich eine Tüte mit Marmeladenkeksen. Beides gibt sie Ben. »Das macht genau 3 Euro«, behauptet sie.

»Aber die Kekse alleine kosten doch schon fast 3 Euro.«

Benni sieht sie verwirrt an.

Die Verkäuferin zwinkert ihm zu. »Ein kleines Geschenk vom Bäcker-Nikolaus. Wer so lieb ist, seiner Mutter eine Überraschung zu bereiten, der bekommt eine Belohnung«, erklärt sie ihm mit einem herzlichen Lächeln.

Er erwidert es und ruft beim Hinausgehen: »Danke!«

Zu Hause angekommen, schreibt er ein selbst ausgedachtes Gedicht auf einen Zettel. Zusammen mit den Rumkugeln steckt er es in den Winterstiefel seiner Mutter, den er um die Ecke vor die Tür stellt. Direkt neben seinen eigenen, der schon prall gefüllt ist. Rasch huscht er zurück ins Bett. Gerade noch rechtzeitig, denn schon hört er den Wecker seiner Mutter schrillen. Inständig hofft er, dass sie nicht die Haustür gehört hat.

»Bennilein! Aufstehen, mein Schatz. Zeit für die Schule, du Schlafmütze.« Seine Mutter steckt vorsichtig den Kopf ins Zimmer. »Na los, sonst kommst du zu spät.«

Betont langsam steigt Ben aus dem Bett und trödelt beim Anziehen. Im Badezimmer putzt er sich die Zähne, ehe er brav seinen Schuh in die Wohnung holt.

»Mama, guck mal, was der Nikolaus mir gebracht hat«, ruft er voller Freude. Er hält den prallgefüllten Stiefel hoch, der mit Schokolade, Marmeladenkeksen und einer neuen CD von den *Drei ???* gefüllt ist.

»Da war wohl jemand ganz besonders artig«, erwidert sie.

Nach dem gemeinsamen, kurzen Frühstück zieht er sich für die Schule an. Feixend beobachtet er seine Mutter, die hektisch den Flur absucht.

»Weißt du, wo mein zweiter Winterstiefel ist? Ich könnte schwören, dass ich gestern beide ins Regal gestellt habe!«, fragt sie ihren Sohn. »Hilfst du mir schnell? Ich komme sonst zu spät zur Arbeit.«

»Mama, vielleicht hat der Nikolaus dieses Jahr auch was für dich. Hast du mal draußen nachgeschaut?«, fragt er und schaut sie mit einem unschuldigen Gesicht an.

»Sehr witzig, mein Schatz! Du weißt genau, dass ich der Nikolaus bin«, antwortet sie kopfschüttelnd. Trotzdem schaut sie draußen nach.

»Siehst du, da ist nichts!«, sagt seine Mutter, während sie die Tür schließen will. Doch plötzlich hält sie inne.

»Oh!«, ruft sie überrascht. Ohne ein weiteres Wort ergreift sie den Stiefel und schließt die Tür. Sie packt den Inhalt aus.

»Rumkugeln«, sagt sie andächtig.

Verdächtig glitzert es in ihren Augen.

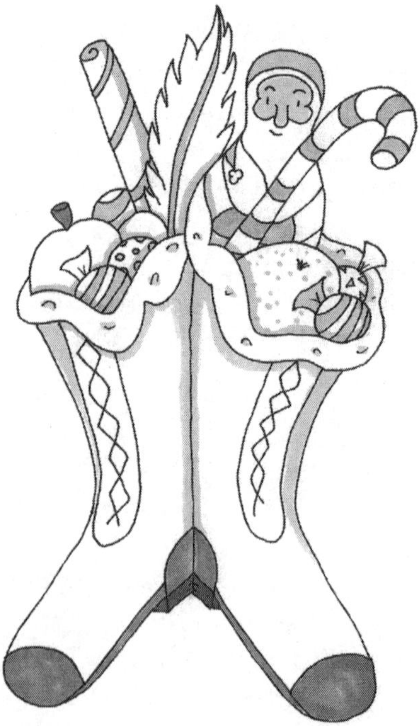

Mit dieser Reaktion hat Benni nicht gerechnet. Liebevoll nimmt er seine Mutter in den Arm und gibt ihr einen Kuss auf die Backe. *Ich sollte ihr viel öfters eine Freude machen*, denkt Ben.

»Aber …«, fängt seine Mutter an.

»Ich hab dich lieb und das weiß mit Sicherheit auch der Nikolaus«, unterbricht er sie. »Wir müssen jetzt aber los, sonst kommen wir zu spät!«

Seine Mutter strahlt über das ganze Gesicht. »Dann muss ich mich ja beim Nikolaus bedanken.«

»TWINKIE!«, ruft der Weihnachtsmann und winkt seinen Elf zu sich. »Ich gratuliere dir.« Bedächtig nickt der Weihnachtsmann vor sich hin. »Wusstest du, dass es jedes Jahr gerade einmal hundert Kinder gibt, die ihren Eltern etwas zum Nikolaus schenken?« Er macht eine Pause. »Dass Ben darauf gekommen ist, gefällt mir ausgesprochen gut. Unter anderen Umständen hätte er ein extra großes Geschenk von mir bekommen.«

Sein Blick verfinstert sich.

»Trotzdem, ihr könnt euch noch so viele gute Taten überlegen. Ein Kind wird mich nicht überzeugen können. WEIHNACHTEN FÄLLT AUS!«

Rezept

Bananen-Nikolaus

Mit diesen süßen Nikoläusen kannst du deine Eltern oder Freunde überraschen. Sie gehen ganz schnell, sind gesund und sehen einfach zum Anbeißen aus. Also, worauf wartest du noch? Aber vorsichtig mit dem Messer.

Du brauchst für 4 Nikoläuse:

- ✭ 1 Banane
- ✭ 2 Erdbeeren
- ✭ 2 große Marshmallows
- ✭ 8 Schokoladenstreusel
- ✭ 4 Smarties
- ✭ 4 Zahnstocher

1. Banane schälen und halbieren. Die Hälften noch einmal der Länge nach durchschneiden.
2. Die Bananenviertel mit der geschnittenen Seite nach unten auf einen Teller legen.
3. Einen Marshmallow in 4 Würfel schneiden. Den anderen Marshmallow in vier Scheiben schneiden.
4. Die Erdbeeren der Länge nach halbieren.
5. Auf einen Zahnstocher die Mütze zusammenstecken: oben Marshmallow-Würfel, dann die Erdbeere mit der Spitze nach oben und Marshmallow-Scheibe. Mütze auf die Banane stecken.
6. Zwei Schokostreusel als Augen und einen Smartie als Knopfnase in die Banane drücken. Fertig!
7. Schnell essen, sonst verfärbt sich die Banane!

7

»Danke, danke, danke!«, ruft Benni, als er das Fenster öffnet. Twinkie ist noch nicht einmal ganz drinnen, als Ben ihn auch schon überschwänglich umarmt. »Du hast mich gestern auf die beste Idee der Welt gebracht.« Er grinst wie ein Honigkuchenpferd. »Hast du das Gesicht meiner Mama sehen können? So glücklich hab ich sie schon lange nicht mehr gesehen.«

»Das freut mich«, bestätigt Twinkie und grinst.

»Hast du gehört, was meine Mutter zu mir gesagt hat, als sie mich gestern Abend ins Bett gebracht hat?«, hakt Ben nach.

»Ja, die Weihnachtsfrau und ich haben genau gehört, wie sie sagte, dass sie dieses Geschenk niemals vergessen wird«, antwortet der Weihnachtself.

»Du, Twinkie?«, fängt Benni an. »Darf ich heute eine eigene gute Tat umsetzen? Ich weiß, ihr wollt mir helfen, aber ich habe da eine Idee.«

»Verrätst du mir, um was genau es sich handelt? Wir wollen schließlich Weihnachten nicht gefährden«, wirft Twinkie skeptisch ein.

»Ich will jemandem helfen. Ehrlich gesagt, meiner Mama«, murmelt Benni. »Als ich auf dich gewartet habe, fiel mir auf, dass draußen alles gefroren ist. Ich dachte mir, ich könnte die Scheiben vom Auto meiner Mutter freikratzen.«

Der Elf lächelt zufrieden. »Das klingt doch nach einer sehr schönen Idee. Da wird sich die Weihnachtsfrau freuen. Du wirst allmählich aufmerksamer und denkst nicht mehr nur noch an dich.«

Twinkie steht auf, hüpft ans Fenster und ruft nach Rudolph.

»Na dann«, sagt er zu seinem Rentier, »wollen wir mal los. Ich glaube, heute braucht Benni uns nicht mehr.« Gemeinsam fliegen sie zurück zum Nordpol.

Sogleich springt Ben vom Bett. Seine Mutter muss an diesem Tag erst später zur Arbeit. Trotzdem hält es Benni keine Sekunde länger in seinem Zimmer aus. Seine Beine fühlen sich an, als wuselten tausende von Ameisen darin herum. So aufgeregt ist er. Rasch schmiert er sich sein Schulbrot, schreibt noch etwas auf einen Zettel, zieht sich warm an und rennt nach draußen. Er schließt das Auto auf und nach einigem Suchen findet er den Eiskratzer im Handschuhfach. Er klappt die Scheibenwischer nach vorn und beginnt mit der Windschutzscheibe. Gar nicht so leicht, wie er immer dachte. Als er an den Seitenfenstern ankommt, ist er völlig außer Atem. Nach einer Viertelstunde hat er es geschafft: Alle Fenster sind eisfrei. Ben verstaut den Eiskratzer und legt seiner Mutter den Zettel auf den Fahrersitz:

Für die beste Mama der Welt

Am Liebsten hätte er beobachtet, wie seine Mutter die freien Autoscheiben entdeckt. Dann wäre er jedoch zu spät zur ersten Stunde gekommen. Deshalb hängt er schnell den Autoschlüssel wieder an seinen Haken und geht los.

In der Schule setzt er seinen Vorsatz weiter um. Mit seiner guten Laune möchte er am liebsten allen Menschen eine Freude bereiten. Als Frau Maarten zur Tür hereinkommt, fällt ein Blatt Papier aus ihrem Ordner heraus und segelt direkt bis zu seinem Platz. Elegant landet es vor Bens Schulranzen. Er bückt sich und hebt das Blatt auf. Flüchtig schaut er drauf und ihm stockt der Atem. Die Aufgaben für die nächste Klassenarbeit. Er könnte die Fragen im Unterricht heimlich abschreiben und den Zettel später irgendwie auf das Lehrerpult legen. Damit würden ihm seine Klassenkameraden zu Füßen liegen. *Nein, ich darf jetzt nicht schummeln*, sagt er zu sich. Ohne weiter darüber nachzudenken, springt er auf.

»Guten Morgen, Frau Maarten. Sie haben eben etwas verloren«, sagt er und gibt ihr den Zettel.

»Oh danke, das ist sehr lieb von dir«, bedankt sich die Lehrerin. Nach der Anwesenheitskontrolle verkündet sie die nächste Klassenarbeit. Jetzt ärgert sich Benni doch etwas, den Zettel nicht abgeschrieben zu haben.

In der Frühstückspause teilt er wie schon die Tage vorher sein Pausenbrot mit Hannah. Genüsslich beißt sie hinein.

»Ich habe heute die Mathe-Arbeit in den Händen gehalten. Frau Maarten hat sie fallen lassen«, erzählt Benni nebenbei.

Augenblicklich verschluckt sich Hannah und fängt an zu husten. »Wie du hast die Mathe-Arbeit in den Händen gehabt. Hast du die Rechenaufgaben abgeschrieben?«, erkundigt sie sich sofort.

»Nein. Ein paar Aufgaben habe ich zwar gesehen. Mehr aber nicht. Ich wollte diesmal nicht schummeln. Nicht vor Weihnachten«, erklärt Ben und bekommt prompt rote Ohren. »Ich kann dir aber sagen, was ich mir gemerkt habe«, ergänzt er mit einem Augenzwinkern. »Außerdem bist du doch das Genie in Mathe. Wenn sich einer beschweren kann, dann bin ich das. Immerhin war meine letzte Arbeit eine Vier.«

Den restlichen Schultag sitzt Hannah mürrisch neben ihm auf der Bank. Obwohl er ihr genau beschreibt, was er behalten hat, ist sie sauer auf ihn.

Auf dem Rückweg stellt er fest, dass er wiedermal mit seinen sandigen Schuhen das ganze Treppenhaus dreckig gemacht hat. Statt wie sonst zuerst seine Hausaufgaben zu machen, schnappt er sich den Besen und fegt. Den Sand entsorgt er im Beet draußen vor der Haustür. Erst danach beginnt er zu lernen.

Er ist so vertieft, dass er gar nicht mitbekommt, wie die Zeit vergeht. Als seine Mutter den Schlüssel in die Wohnungstür steckt, schreckt er auf. Noch eine Aufgabe, dann ist er für heute fertig.

»Hey, mein Schatz! Guck mal, was ich mitgebracht habe!«, lockt seine Mutter ihn ein paar Minuten später aus dem Zimmer. Schon im Flur riecht er es.

»Oh lecker, Pizza!«, ruft er freudig. Er nimmt ihr die beiden Kartons ab und gemeinsam essen sie ihre Lieblingspizza. Salami mit Champignons, Mais und einer extra Portion Käse. Als sie fertig sind, deckt Ben den Tisch ab.

»Womit habe ich das denn verdient?«, fragt seine Mutter und zieht überrascht die Augenbrauen nach oben.

Benni zuckt nur mit den Schultern.

»Du hast genug zu tun auf der Arbeit«, sagt er nach kurzem Überlegen.

Zufrieden hat der Weihnachtsmann die vielen guten Taten im Zauberspiegel beobachtet. Bei der Klassenarbeit hatte er aber kurz die Luft angehalten. Gedankenverloren spielt er mit seinem weißen Rauschebart. Es gefällt ihm, was dieser Benni sich einfallen lässt. Ungläubig schüttelt er den Kopf.

Sehr ungewöhnlich, dieser Junge, denkt sich der alte Mann. *Sogar ich habe während meiner Ausbildung zum Weihnachtsmann etwas geschummelt. Was für ein außergewöhnliches Kind. Genau diese Ehrlichkeit brauche ich, um den Glauben an Weihnachten zurückzubekommen.*

Glücklich lehnt er sich zurück und trinkt eine Tasse heißen Pfefferminztee. »Wenn einer es schafft, mich zu überzeugen, dann dieser Ben. Ich bin gespannt, was er sich noch einfallen lässt«, sagt er lächelnd zu sich selbst.

Bastel-
tipp

Steinwichtel

Sammelst du, wenn du draußen bist, Steine? Dann kannst du daraus etwas Weihnachtliches basteln – als Geschenk oder zum Spielen. Vielleicht wird der Wichtel ja sogar ein Twinkie?

Du brauchst:
- ★ flache Steine, die man aufeinanderlegen in verschiedenen Größen
- ★ Acrylfarbe in verschiedenen Farben
- ★ Wolle
- ★ Filz
- ★ Bastelkleber

1. Drei oder vier Steine aufeinander kleben.
2. Wenn der Kleber trocken ist, Steine anmalen: Kleidung, Gesicht und was dir noch so einfällt.
3. Während die Farbe trocknet, aus der Wolle Haare machen: Zöpfe oder kurze Haare, die du dann auf den Kopf der Figur klebst.
4. Aus dem Filz eine Wichtelmütze basteln.

»Guten Morgen, Benni!«

Fröhlich winkend kommt Twinkie auf Rudolph angeritten. Diesmal hat Ben eine Möhre für das niedliche Rentier mit der roten Nase. Schnaubend nimmt er sie an und knabbert daran herum. Twinkie springt zum Fenster rein und lässt sich auf dem Bett nieder.

»Du kannst dir auf die Schulter klopfen, Ben. Du hast gestern auf jeden Fall einigen Menschen geholfen. Deiner Mutter mit der Scheibe. Der Lehrerin, indem du die Prüfungsaufgaben nicht abgeschrieben hast. Sonst hätte sie die Arbeit komplett neu schreiben müssen. Hannah hast du etwas Prüfungsangst genommen. Und deiner Nachbarin hast du die Arbeit abgenommen, denn sie war gestern mit der Treppenreinigung dran.«

Beschämt hört Ben zu, als Twinkie ihm seine guten Taten aufzählt. So hatte er es noch gar nicht betrachtet. »Das war nichts Besonderes«, nuschelt er.

»Genau!«, stimmt Twinkie ihm zu. »Deine guten Taten waren alle selbstverständlich. Aber hast du bemerkt, dass sich alle gefreut haben, denn in der heutigen Zeit ist nichts mehr selbstverständlich. Ich denke, du wirst den Weihnachtsmann überzeugen.«

Verlegen lächelt Ben bei diesem versteckten Lob. »Wie lautet die Aufgabenstellung für heute?«, erkundigt sich Ben.

»Du bist ganz schön neugierig. Keine Geduld mehr, diese Jugend!«, neckt ihn Twinkie. »Der Weihnachtsfrau gefällt es, wie du selbstständig wirst. Heute sollst du einmal richtig bewusst mitdenken.«

»Okay, aber ich denke doch schon jeden Tag mit. Ich bringe den Müll runter, denke an meine Hausaufgaben oder daran, rechtzeitig ins Bett zu gehen.« Aus heiterem Himmel fällt es Ben wie Schuppen von den Augen. »Ich denke meistens an Sachen, die meine Mutter mir irgendwann einmal aufgetragen hat. Ansonsten achte ich nur auf Dinge, die mir absolut wichtig sind.«

»Genau, Ben. Verdammt schlau. Heute sollst du einmal für deine Mitmenschen mitdenken.« Das wird eine schwere Aufgabe, denkt sich Ben. In Gedanken vertieft, verabschiedet er Twinkie und Rudolph.

Die Mathe-Arbeit in der Schule verläuft überraschend einfach. Als er die Klassenarbeit mit dem Klingeln zur Pause abgibt, macht er es mit einem guten Gefühl. Trotzdem verlässt er die Schule am Ende des Tages mit einem schlechten Bauchgefühl. Weder im Bus noch auf dem restlichen Weg fällt ihm ein, wie er die heutige Aufgabe lösen soll.

Zu Hause angekommen, schnappt er sich die Einkaufsliste. An Tagen, an denen seine Mutter länger im Restaurant arbeitet, ist er für den Einkauf zuständig. Hackfleisch, Zwiebeln, Eisbergsalat, Tomaten, Gurken, Paniermehl und Brötchen stehen auf der Liste. *Lecker, heute gibt es Hamburge*r, schießt es Ben durch den Kopf. Schnell rennt er zum Supermarkt.

Mit dem Einkaufskorb stiefelt er durch die Reihen und packt alles hinein. Nach zehn Minuten hat er alles zusammen und geht zur Kasse, an der gerade niemand steht. Während er die Einkäufe in die Tasche legt, und auf jeden neu gescannten Artikel wartet, bemerkt er, dass seine Mutter eine Zutat vergessen hat. *Braucht sie nicht Eier für die Frikadellen?*, überlegte er kurz. Schlagartig fällt ihm ein, dass er die leere Eierpackung im Papiermüll gesehen hat. Gedankenverloren zahlt er seinen Einkauf. Einen Augenblick überlegt Ben, nach Hause zu gehen. Immerhin standen Eier nicht auf der Liste. Dann seufzt er. *Mama hat jede Menge um die Ohren auf der Arbeit. Sie kann nicht an alles denken.*

»Entschuldigung«, spricht er die Kassiererin an.

»Habe ich dir zu wenig Geld gegeben?«, erkundigt sie sich etwas genervt und kaut auf ihrem Kaugummi herum.

»Nein, das Wechselgeld stimmt. Ich wollte fragen, ob ich meine Tasche kurz hier abstellen kann. Ich hab doch glatt die Eier vergessen«, schildert Benni sein kleines Problem. »Ich möchte nicht, dass jemand denkt, ich klaue!«

Die Kassiererin nickt ihm zu. Er flitzt zurück in den Laden und holt sechs Eier. Als er sich wieder anstellt, sieht er seine Nachbarin weiter vorne in der Kassenschlange. Ben mag sie nicht. Ständig meckert sie herum, verbietet ihm, im Hof zu spielen, und beschwert sich regelmäßig bei der Hausverwaltung. Er beobachtet, wie sie zahlt und sich mit ihrem schweren Einkauf abschleppt. Als er endlich dran ist, bezahlt er die Eier, packt sie zu den anderen Lebensmitteln und rennt seiner Nachbarin hinterher.

»Guten Tag, Frau Ickebort. Darf ich Ihnen mit ihrer Tasche helfen? Sie sieht sehr schwer aus und wir wohnen im selben Haus«, bietet sich Ben an.

Griesgrämig schaut sie ihn an. Einen Augenblick denkt sie nach. Dabei legt sich ihre Stirn in Falten. Ben fragt sich, ob sie Angst hat, dass er klaut, oder ob sie ihn hier auf der Straße nicht erkennt. Doch dann scheint sie zu einem Entschluss zu gelangen. Ohne ein Wort hält sie ihm den Baumwollbeutel hin. Ben greift nach der Tasche und trägt sie ihr wortlos bis nach Hause. Dort angekommen, entreißt ihm Frau Ickebort die Einkaufstasche.

»Danke«, brummt sie. Dann dreht sie sich um und knallt Ben die Tür vor der Nase zu.

Kopfschüttelnd rennt er die Treppe nach unten zu seiner Wohnung. Er räumt den Einkauf in den Kühlschrank und stellt mit einem

Lächeln fest, dass tatsächlich die Eier aufgebraucht waren. Als seine Mutter nach Hause kommt und mit der Zubereitung anfängt, ruft sie ihren Sohn. »Benni? Kommst du mal bitte! Was ist das für ein zweiter Kassenbon?« Sie deutet mit einem Nicken auf das Wechselgeld und die Bons, die Ben hingelegt hatte. Sie schüttelt stumm den Kopf und zieht enttäuscht die Lippen zusammen. »Wenn du Geld benötigst, frag mich bitte vorher.«

»Das Geld habe ich für Eier ausgegeben. Wir hatten keine und für die Frikadellen brauchst du immer welche«, verteidigt er sich. »Aber das nächste Mal frage ich dich vorher.« Bockig verschränkt er die Arme vor seiner Brust.

»Oh nein!« Seine Mutter schlägt sich mit der Hand vor den Mund. Ben kann in ihren Augen sehen, dass das schlechte Gewissen an ihr nagt. »Das tut mir leid. Ich hätte dich fragen sollen, statt dich zu beschuldigen.« Entschuldigend verstrubbelt sie ihm das Haar.

»TWINKIE!« Der Weihnachtsmann ruft laut nach seinem Gehilfen. »Versucht dieser Ben noch immer, Weihnachten für euch zu retten?«

Der Elf nickt eifrig.

»Sagt ihm, er kann sich die Mühe sparen.«

Verstimmt erhebt sich der Weihnachtsmann und trottet um den Schreibtisch herum. Er kneift die Lippen zusammen und schaut Twinkie aus zornig funkelnden Augen an.

»Einem Jungen Aufgaben stellen. Päh! Meint ihr, das kann mich überzeugen? Würde er selbst darauf kommen. Ja, das wäre etwas anderes. Aber gestellte Aufgaben erledigen? Das kann jeder Dussel.«

Er öffnet eine Schublade und durchsucht sie. Als er findet, was er sucht, wirkt sein Gesicht wieder glatter und versöhnlicher.

»Statt eure Zeit an Benni zu verschwenden, solltet ihr euch lieber diesem Thema widmen.«

Der Weihnachtsmann reicht Twinkie einen Katalog mit magischen Elfenreisen. »Ich persönlich würde gerne mal zum Mond oder ins Elfenland *Ampelosia*.«

Verstört blickt Twinkie ihn an und der Weihnachtsmann winkt ab.

»Ich überlasse es euch. Meine Frau und ich sind schließlich flexibel. Entscheidet euch nur schnell, bevor alles ausgebucht ist.«

Mit einem dröhnenden Lachen verlässt er das Büro und lässt den bestürzten Twinkie zurück.

Bastel-
tipp

Badespaß

Badest du gerne, wenn es draußen kalt ist? Egal, ob Badenixe oder Meeresforscher, heute gibt es ein Rezept, mit dem du Badebomben selber herstellen kannst. Neugierig? Bastel das am besten zusammen mit deinen Eltern.

Du brauchst:
- 250 g Natron
- 125 g Zitronensäure als Pulver
- 60 g Speisestärke
- 60 g Kokosfett oder ca. 10 Esslöffel Kokosöl oder Mandelöl
- Lebensmittelfarbe nach Wahl
- 1 Esslöffel mit deinem Lieblingsduschgel oder Duftöle aus der Apotheke

1. Natron, Zitronensäure, Speisestärke und Fett zu einem festen Teig vermengen.
2. Duschgel hinzugeben und mit einer Farbe nach Wahl einfärben.
3. Masse auf der Arbeitsfläche platt drücken, ähnlich wie Teig, und mit Förmchen ausstechen.
4. Die fertigen Badebomben auf Klarsichtfolie 4–5 Tage aushärten lassen.
5. Baden!

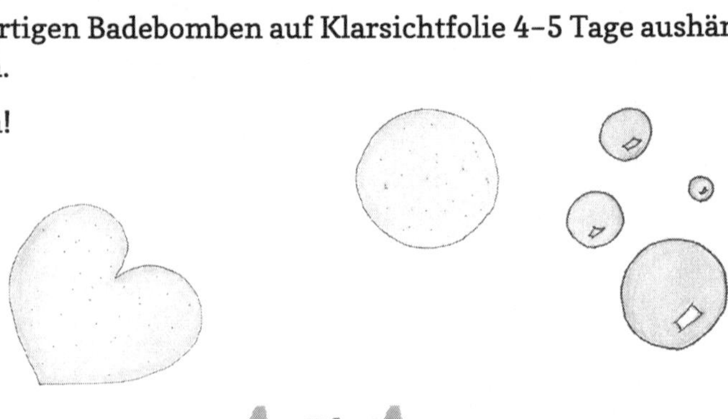

»Was will der Weihnachtsmann?«, hinterfragt Ben noch einmal ungläubig das, was Twinkie ihm gerade erzählt hatte. »Ihr sollt euch für einen Weihnachtsurlaub entscheiden? Aber was ist mit Weihnachten? Ich gebe mir doch große Mühe.«

»Das stimmt, Benni. Du gibst dir wirklich Mühe«, bestätigt der Weihnachtself und schaut traurig in Bennis Augen. »So habe ich den Weihnachtsmann noch nie erlebt. Aus diesem Grund fällt deine heutige Aufgabe etwas schwerer aus.«

»Okay.« Ben schluckt seine Panik herunter. »Wieso schwerer?«

»Du wirst dem Weihnachtsmann eine kleine Lektion erteilen. Sein Problem ist, dass er vergessen hat, anderen zu verzeihen. Deine Aufgabe wird daher sein, jemandem zu verzeihen. Unter Umständen rüttelt das den alten Sturkopf wach«, erklärt Twinkie ihm seine heutige gute Tat. Benni schluckt laut und nickt nur stumm. Das war in der Tat eine höllisch schwere Aufgabe. Er verabschiedete sich von Twinkie und machte sich auf den Weg zur Schule.

Der Tag vergeht unerwartet schnell. Es ist halb sechs, als Ben von seinen Freunden zurückkommt. Noch immer hat er keine Idee, wie er die Aufgabe lösen kann. Ob der Weihnachtsmann ihm einen fehlenden Tag verzeiht? Immerhin ist er nicht gut im Verzeihen, wie Twinkie erzählt hat. Verzweifelt ruft er Twinkie. Doch der Elf reagiert nicht darauf.

Er muss nachdenken und dafür schnappt er sich seinen Fußball und flitzt nach draußen. Dort kickt er im Licht der Straßenlaterne ein paar Bälle gegen die Hauswand. Diese eintönige Beschäftigung entspannt ihn und hilft ihm in der Regel beim Nachdenken. Keine fünf Minuten ist er mit dem Spiel beschäftigt, als sich oben im Haus ein Fenster öffnet. Der weiße Lockenkopf von Frau Ickebort erscheint in der Fensteröffnung.

»Wirst du unverschämter Bengel wohl Ruhe geben«, keift die alte Dame von oben herunter.

»Blöde alte Hexe«, schimpft Ben leise vor sich hin. Da hatte er ihr mit der schweren Einkaufstasche geholfen und sie bis vor die Wohnung getragen und das war der Dank.

»Ab mit dir ins Haus, du Lümmel. Bei dem Krach kann man nicht in Ruhe schlafen!«

Ben liegt eine gepfefferte Antwort auf der Zunge. Doch die letzten Tage haben ihm gelehrt, dass es manchmal besser ist, den Mund zu halten. Er schluckt die Antwort herunter. Langsam zählt er bis drei und schaut wieder zu ihr nach oben. Aus heiterem Himmel tut ihm die griesgrämige, alte Frau einfach nur leid und er überlegt: *Es ist erst kurz nach 18 Uhr und sie will schon ins Bett gehen. Wie einsam muss sie wohl sein? Besucht sie überhaupt jemand?* Ihm fällt kein Tag ein, an dem er Besuch bei Frau Ickebort bemerkt hätte. Nie sah er jemanden, der ihr mit dem Einkauf half oder beim Reinigen des Treppenhauses. *Kein Wunder, dass sie verbittert ist.*

Seine Nachbarin beobachtet ihn argwöhnisch und fragt sich, warum er nicht meckert und ins Haus läuft. Aber was sie dann hört, bringt sie aus der Fassung.

»Guten Abend, Frau Ickebort. Ich gehe sofort nach oben. Es tut mir leid! Ich muss über etwas nachdenken und das kann ich beim Fußballspielen am besten. An den Krach habe ich gar nicht gedacht.«

Ben klemmt den Ball unter den Arm und geht zur Haustür. Bevor er den Schlüssel ins Schloss steckt, schaut er ein letztes Mal nach oben. »Bitte verzeihen Sie mir meine Störung. Ich wollte Sie nicht aufregen. Es wird nicht mehr vorkommen, versprochen. Einen schönen Abend noch.«

Damit verschwindet er im Treppenhaus und lässt Frau Ickebort mit offenem Mund am Fenster zurück.

Ben nimmt zwei Stufen auf einmal. Vielleicht zählt diese Begegnung für seine Aufgabe. Schließlich hatte er seine Nachbarin eindeutig um Verzeihung gebeten. Er will gerade die Wohnungstür öffnen, als er von oben ein Geräusch hört. Im Stockwerk über ihm wird leise eine Tür aufgemacht.

»Ben? So heißt du doch, oder? Magst du einmal zu mir nach oben kommen?«, ruft ihn Frau Ickebort zu sich.

Obwohl sie eher freundlich klingt, rechnet Ben mit einer saftigen Standpauke. Er verdreht die Augen und stapft nach oben. Als er vor ihr steht, lächelt sie ihn an.

»Ich nehme deine Entschuldigung an. Unter einer Bedingung«, eröffnet sie ihm.

Na, toll, denkt Ben. Wahrscheinlich darf ich ihr nun versprechen, nie mehr im Hof zu spielen.

»Du nimmst *meine* Entschuldigung an«, fährt sie fort.

Ben glaubt, sich verhört zu haben. »Was soll ich Ihnen verzeihen?«, fragt er zögerlich. Zum ersten Mal in seinem Leben sieht er die alte Frau lächeln.

»Du sollst mir vergeben, dass ich dich so angemeckert habe. Ich habe vergessen, wie es ist, ein Kind zu sein. Als ich in deinem Alter war, hatten wir ebenfalls einen Hausschreck. Fräulein von Behringsdorf. Eine verbitterte alte Ziege«, erklärt sie mit einem verschmitzten Lächeln. »Nach 18 Uhr durften wir nur flüstern. Im Hof durften wir nur von 9 bis 11 Uhr 30 und von 16 bis 17 Uhr spielen. Haben wir uns nicht an die Zeiten gehalten, hat sie uns gleich mit Kündigung gedroht. Weißt du, ihr gehörte das Haus, und Wohnungen waren im Krieg Mangelware. Um uns herum standen viele zerbombte Häuser. Daher mussten wir uns daran halten.«

»Oh, wie gemein«, wirft Benni empört ein. »Ich hoffe, Sie haben es dieser fiesen Ziege mit Streichen heimgezahlt.«

»So wie du, wenn du ab und an bei mir klingelst?«, geht sie belustigt auf Bens Geheimnis ein.

»Das wissen Sie?«, antwortet Ben peinlich berührt. Bis eben hätte er geschworen können, dass ihn nie jemand gesehen hatte.

»Natürlich, ich habe mich oft genug beschwert bei der Hausverwaltung.« Sie macht eine kurze Pause. »Also, verzeihst du mir, dass ich zumindest teilweise so geworden bin wie mein Hausdrachen?«

Aufgeregt streckt Ben ihr die Hand hin. »Sehr gerne Frau Ickebort. Trotzdem, nach 18 Uhr spiele ich nicht mehr im Hof.«

»Ilse, ich heiße Ilse.« Sie wirft einen Blick über seine Schulter ins Treppenhaus. »Ist deine Mutter schon zu Hause?«

»Nein, sie kommt heute erst später. Weihnachtsgeschäft«, erklärt Ben mit einem lässigen Schulterzucken. Seine Nachbarin nickt wissend.

»Möchtest du mir vielleicht beim Abendbrot Gesellschaft leisten? Ich wollte nämlich gar nicht schlafen. Das war nur eine Ausrede, damit du ein schlechtes Gewissen bekommst.« Mit einer einladenden Armbewegung öffnet sie ihre Haustür.

Kurz zögert Ben, dann sagt er: »Klar, warum nicht. Ich laufe nur kurz nach unten und lege meiner Mutter einen Zettel hin.«

Diesmal ruft der Weihnachtsmann nicht nach Twinkie. Heimlich wischt er sich eine Träne von seiner Wange. »Gut gemacht, Benni!« Höchst erfreut beglückwünscht er ihn. Nur bekommt Ben das in der gemütlichen Wohnung von Ilse nicht mit. Mit einem Schütteln wirft der Weihnachtsmann den fröhlichen Gedanken an Bens gute Tat weit von sich. Schließlich ist einmal so gut wie keinmal, und der Weihnachtsmann rechnet noch immer mit seinem Scheitern.

Rezept

Bunte Kokosmakronen

Sie gehören zu den Klassikern auf dem Weihnachtsteller und vielleicht bald zu deinen Lieblingskeksen.

Du brauchst:

- ★ 200 g Zucker
- ★ 1 Paket Vanillezucker
- ★ 4 Eiweiß
- ★ 1 Teelöffel Zitronensaft
- ★ 2 Esslöffel Speisestärke
- ★ 250 g Kokosraspeln
- ★ Oblaten
- ★ Lebensmittelfarbe

1. Das Eiweiß steif schlagen und langsam Zucker und Vanillezucker hineinstreuen.
2. Danach ganz vorsichtig den Zitronensaft unterheben.
3. Speisestärke hineinsieben und Kokosraspeln unterheben.
4. Verschiedene Schüsseln mit Lebensmittelfarbe vorbereiten und jeweils einen Teil der Masse mit verschiedenen Farben einfärben. Oder auch nicht, dann werden die Makronen bräunlichweiß.
5. Die Masse mit Hilfe von zwei Teelöffeln auf die Backoblaten häufen.
6. Die Oblaten auf einem Backblech bei 160°C für 15–20 Minuten in den Backofen schieben. Wenn du sie saftiger magst, hole sie nach 15 Minuten heraus.

Obwohl Samstag ist, liegt Benni schon früh wach in seinem Bett. »Guten Morgen, Twinkie«, flüstert er, als der Elf am Fenster erscheint. »Wir müssen heute leiser sein, meine Mutter hat Migräne.«

Der Weihnachtself legt die Finger auf die Lippen und nickt.

»Du hast deine Aufgabe gestern eindrucksvoll gelöst. Ilse und du ward das Gesprächsthema Nummer eins bei uns im Weihnachtsdorf«, berichtet er. Sichtlich stolz richtet Ben sich auf und strahlt übers ganze Gesicht.

»Was darf ich denn heute erledigen?«, fragt er den Elfen. »Ich hoffe, etwas Leichtes. Jemanden zu verzeihen, war verdammt schwer.«

»Da hast du recht. Deswegen hat die Weihnachtsfrau sich überlegt, dass du heute eine besonders einfache gute Tat erfüllen sollst. Deine Aufgabe heißt Ehrlichkeit.«

Zufrieden lächelt Ben, denn das stellt für ihn keine große Herausforderung dar. In seinem ganzen Leben hatte Ben noch nie etwas geklaut. Auch nicht gelogen. Außer sich ab und an einer kleinen Notlüge bedient, die wohl jeder mal benutzt. Siegessicher öffnet er Twinkie das Fenster und verabschiedet sich winkend von ihm. Leise vor sich her singend zieht er sich an, putzt die Zähne und nimmt die Einkaufsliste vom Tisch. Der Wochenendeinkauf steht auf dem Plan. Mit den Kopfschmerzen soll seine Mutter ausschlafen. Das Haushaltsgeld in der Keksdose ist aufgebraucht. In der Geldbörse seiner Mutter ist außer ein paar Cents ebenfalls nichts. Ben erinnert sich an den Notfallplan. Letztes Jahr im Winter hatte sich seine Mutter den Fuß verstaucht. Sie konnte nicht einkaufen gehen. Damals führten sie den Krankennotfallplan ein. Für den Fall der Fälle darf sich Ben die Geldkarte seiner Mutter aus der Geldbörse nehmen. Im Telefonbuch, welches im Flur liegt, steht unter Krankheiten der vierstellige Pin. Ben prägt sich die Zahlen genau ein. 3331. Mehrfach sagt er sie laut vor sich hin. Dann verlässt er das Haus mit einem mulmigen Gefühl. Bis jetzt musste er erst einmal Geld vom Automaten holen. Unruhig spielt er mit seiner Kapuzenkordel. *Hoffentlich klappt alles*, denkt Ben.

Bei der Bank ist viel los. Eine kleine Schlange hat sich vor dem Geldautomaten gebildet. Bens Herz klopft vor Aufregung. Endlich ist der letzte in der Reihe an den Automaten getreten. *3331*, sagt Ben in Gedanken vor sich hin. In dem Moment klingelt das Handy von dem Mann vor ihm. Dieser zieht es aus der Jackentasche und geht ans Telefon. Er spricht so laut, dass Ben jedes Wort versteht.

»Nein, Liebling, ich bin gleich zu Hause. Ich bin bei der Bank. Nein, ich habe dir doch gesagt, ich brauche für heute Abend Bargeld. Nein, ich bin bei keiner anderen Frau.« Hektisch tippt er auf dem Bedienfeld herum, und redet weiter mit der Person am Telefon. Nur leiser, sodass Ben nichts mehr versteht. Nach einer gefühlten Ewigkeit ist Ben endlich an der Reihe. Er holt die Karte aus dem Innenfach seiner Winterjacke. Gerade will er die EC-Karte in den Schlitz stecken, als sein Blick auf das Geldfach fällt. Einige Scheine sind darin zu sehen. Ben nimmt sie. 100 Euro! So viel Geld. Der Unbekannte musste es vergessen haben. Spontan fallen Ben viele tolle Sachen ein, die er mit dem Geld zahlen könnte. Das Playstation 4-Spiel, der Weihnachtsmarkt, Kino, Schwimmbad. Fast drei Monate Taschengeld, schießt es ihm durch den Kopf. Doch etwas hält ihn zurück. Er steckt die Geldkarte wieder in seine Jacke und macht den Reißverschluss zu. Im Eiltempo läuft er nach draußen. Er sieht den Mann vor einem Auto stehen.

»Entschuldigung!« Ben tippt dem unbekannten Mann auf die Schulter. »Sie haben Ihr Geld vergessen.« Der Mann zuckt zusammen und dreht sich sichtlich erschrocken um. »Schatz, warte kurz. Wie bitte?« Fragend sieht er auf Ben hinunter.

»Sie haben Ihr Geld nicht mitgenommen.« Ben zeigt auf die Bank.

Unwirsch reißt der Mann das Geld aus Bens Hand.

»Ich bin wieder da, Liebling. Nein, keine andere Frau. Nur ein Junge. Nein, ich habe Geld abgehoben und es in der Hektik vergessen. Was? Nein, habe ich nicht. Ja, Schatz, ist gut.«

Das hört Ben aber nur noch leise, denn inzwischen ist er auf den Rückweg zur Bank. Ben ärgert sich über den Mann, der nicht mal Danke gesagt hat.

»Hey, warte! « Diesmal läuft der Unbekannte mit großen Schritten Benni hinterher. »Das nenne ich mal ehrlich.« Er zählt das Geld und drückt Ben spontan 10 Euro davon in die Hand. »Kauf dir was Schönes. Hast du dir verdient. Ich in deinem Alter hätte es behalten.« Mit dem Telefon am Ohr verschwindet er wieder.

Überrascht bleibt Ben zurück. Er schüttelt ungläubig den Kopf, dreht sich um und geht pfeifend zur Bank zurück, um das Geld abzuheben. Rasch geht er einkaufen. Als er nach Hause kommt, liegt seine Mutter immer noch im Bett. Die Vorhänge sind zugezogen, damit die Kopfschmerzen sich nicht verschlimmern. Er setzt sich auf die Bettkante und streichelt ihre Hand.

»Mama, nicht das du dich wunderst. Beim nächsten Kontoauszug ist eine Abhebung. Wir hatten kein Geld mehr. Also habe ich mit dem Notfallplan Geld abgehoben«, flüstert er.

»Danke, Benni. Du denkst ganz schön viel mit in der letzten Zeit«, haucht sie. »Ich bin verdammt stolz auf dich! « In wenigen Worten erzählt er ihr auch von dem Geld und dem Mann. Sie nickt kaum merklich und das ist Bens Zeichen. Er teilt ihr mit, dass er mit den anderen verabredet ist.

Als er am Abend nach Hause kommt, ist seine Mutter schon wieder zur Arbeit. Migräne hin oder her. Ihr Chef duldet keine Krankheitsfälle vor Weihnachten. Spontan klingelt er oben bei Ilse.

Der Weihnachtsmann sitzt an seinem großen Schreibtisch. Die Weihnachtsfrau tritt von hinten an ihn heran und legt ihre Hand auf seine Schulter. Er dreht sich zu ihr um.

»Gut, dass du da bist. Wir müssen reden. Twinkie weicht mir ja anscheinend aus«, redet er drauf los. »Haben sich die Elfen überlegt, wohin unser Weihnachtsurlaub gehen soll?«

Seine Frau schüttelt wortlos den Kopf.

»Damit habe ich gerechnet. Ich habe *Weihnachten im Elfenpark Föhringer Höhe* gebucht.«

Entsetzt reißt seine Frau die Augen weit auf. Bevor sie etwas sagen kann, fährt der Weihnachtsmann fort.

»Dachtest du etwa, dass mich diese leichten, gestellten Aufgaben überzeugen können!? Du solltest mich besser kennen! Wenn ich sage, Weihnachten fällt aus, dann fällt es aus!«

»Dir ist nicht mehr zu helfen!«

Empört verlässt sie mit raschen Schritten sein Büro und macht sich auf die Suche nach Twinkie. Von hinten hört sie ihren Mann laut rufen. »Fangt rechtzeitig mit dem Packen an!«

Rezept

Selbstgemachter Kinderpunsch

Kinderpunsch kannst du ganz leicht selber machen. Probier es einfach mal aus und lade dann deine beste Freundin auf ein Gläschen ein. Wenn du noch nicht an den Herd darfst, bitte deine Eltern, dir zu helfen.

Du brauchst:
- ✭ 500 ml Früchte-Tee
- ✭ 250 ml Apfelsaft
- ✭ 8 Nelken
- ✭ 1 Zimtstange
- ✭ 1 Zitrone
- ✭ 1 Orange
- ✭ braunen Zucker

1. Den Tee nach Anleitung zubereiten.
2. In einen Topf Apfelsaft, Nelken und Zimtstange hineingeben.
3. Orange und Zitrone auspressen, Saft in den Topf geben.
4. Die Mischung erwärmen (nicht kochen!) und 10 Minuten ziehenlassen.
5. Tee hinzugeben und Gewürze herausnehmen.
6. Wer es süßer mag: braunen Zucker hinzugeben.
7. Achtung! Heiß! Pusten nicht vergessen!
8. Der Punsch schmeckt auch kalt.

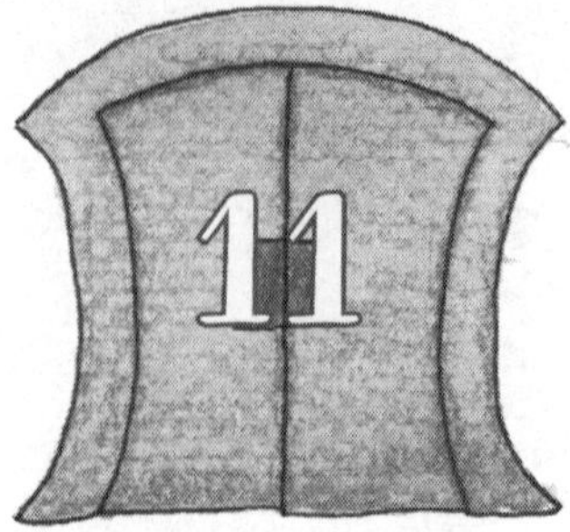

An diesem Morgen wird Ben mal wieder durch das hektische Klopfen von Twinkie aufgeweckt.

»Tut mir leid. Ich bin gestern eindeutig zu spät ins Bett. Ilse, meine Nachbarin, hat mir so tolle Geschichten erzählt. Darüber haben wir am Ende glatt die Zeit vergessen«, erklärt Ben gähnend. »Klopfst du schon lange?«

»Wir haben etwas Wichtiges zu bereden. Sonst hätte ich dich ausschlafen lassen«, fegt Twinkie unwirsch Bens Frage vom Tisch.

»Habe ich die Aufgabe nicht richtig gelöst?« Entsetzt fragt Ben nach und überlegt, was er falsch gemacht haben könnte. »Ich dachte, die Aufgabe ist gut gelöst.«

Panisch guckt Ben Twinkie an.

»Nein, das hast du sehr gut bewältigt.« Resigniert lässt Twinkie die Schultern hängen. Statt sich wie sonst aufs Bett zu setzen, legt er sich hin und starrt zur Decke. »Der Weihnachtsmann hat für uns alle einen Urlaub gebucht. Es ist zu spät. Die Weihnachtsfrau lässt dir ausrichten, dass sie dir für deine Bemühungen dankt.«

Aber dann fällt das Weihnachtsfest aus!, schießt es Ben durch den Kopf. Und die Wünsche der Kinder bleiben unerfüllt.

»Wir können doch nicht aufgeben«, protestiert er energisch. »Ich kämpfe für Weihnachten. Mit deiner Hilfe oder ohne. Ich gebe nicht auf!«

Twinkie setzt sich auf. Sein trauriges Lächeln lässt Ben das Blut in den Adern gefrieren. »Ich glaube nicht, dass es noch etwas bringt«, klärt er seinen Schützling auf. »Der Weihnachtsmann ist verdammt stur. Die Geschenke sind zwar schon fast alle produziert, aber ohne ihn ...« Den Rest lässt er offen.

»Dann kämpfe ich eben ohne eure Hilfe. Und zu deiner Info: Ich bin genauso stur«, antwortet Benni mit bockig verschränkten Armen und einem trotzigen Blick. »Es ist noch nicht Heiligabend. Erst dann gebe ich auf.«

Twinkie schaut mit leerem Blick zu Boden. »Ich darf dir leider nicht mehr helfen. Anweisung der Weihnachtsfrau!« Entschuldigend verzieht er die Mundwinkel und zuckt mit den Schultern. Auf einmal leuchten seine Augen auf. Er klettert zu Ben. »Aber wenn du weiter machen möchtest ... ohne Aufgaben und Hilfe von mir«, flüstert er aufgeregt in Bens Ohr, »dann wäre das natürlich toll. Ich versuche auch, ab und zu vorbeizukommen.« Verschwörerisch reichen sie sich die Hand. »Abgemacht!«

Nachdem Twinkie abgereist ist, schaut Ben auf den Wecker und stöhnt. Es ist nicht einmal 7 Uhr. Grübelnd legt er sich aufs Bett. Seine Mutter ist mitten in der Nacht von der Arbeit zurückgekommen. Sonntags schläft sie daher gerne bis mittags. Urplötzlich überkommt Benni eine Idee für die heutige gute Tat. Mit einem Satz springt er auf und flitzt zum Regal. Nach kurzem Suchen hat er sein Kochbuch in der Hand. Zufrieden nickend schleicht er sich mit dem Buch in die Küche. Er schließt die Tür hinter sich und durchsucht den Kühlschrank. Langsam blättert er sich durch die Seiten. Ab und zu nickt er. Hin und wieder schüttelt er einfach nur den Kopf. Als er das Buch durchgeblättert hat, klappt er es zu.

Ein Plan entsteht in seinem Kopf, während er die Zutaten heraussucht. Dann hantiert er so leise wie möglich mit Töpfen, Schüsseln und anderen Kochutensilien. Schon nach einer Stunde strömt ein wunderbarer Duft durch die Küche. Zweimal rennt er nach oben zu Ilse. Einmal, um sich ein paar Äpfel zu leihen, das andere Mal, um sie zu fragen, ob sie ihm beim Entkernen helfen kann.

Fünf Minuten vor Zwölf legt er den Kochlöffel zur Seite. Ben schaut sich in der Küche um und ist mit dem Ergebnis zufrieden. Der Tisch ist hübsch gedeckt, die Möhrensuppe dampft in der Schüssel, die Schnitzel werden im Backofen zusammen mit Bratkartoffeln und Bohnen warmgehalten. Der Bratapfel mit Vanillesoße steht versteckt neben dem Kühlschrank. Die Küche ist blitzblank. Kein Chaos, so wie früher bei seinem Vater.

Aufgeregt hüpft er zum Schlafzimmer und weckt seine Mutter.

»Mama, aufwachen! Es ist schon spät und ich habe Hunger.«

Verschlafen öffnet sie ein Auge und blinzelt kurz. Demonstrativ fasst Ben sich an seinen Bauch, der prompt knurrt. Seine Mutter lacht kurz auf und zieht Ben zu sich ins Bett. Trotz ihrer Müdigkeit kuschelt sie ihn. Erst danach setzt sie sich im Bett auf.

»Ich bin gleich da und dann fange ich mit dem Kochen an. Etwas Geduld musst du also noch haben. Zaubern kann ich nicht.«

Sie lächelt ihm zu.

»Kein Problem, lass dir aber nicht so viel Zeit«, sagt Ben und geht aus dem Zimmer.

Als seine Mutter in den Flur tritt, bleibt sie abrupt stehen. Sie hält die Nase in die Luft und schnüffelt hörbar.

»Schatz, was riecht denn hier so?«, fragt sie verwundert.

Benni zuckt nur die Schultern. Wenige Sekunden später steht sie in der Küche.

»Was ist das denn? Hast du das alles gekocht?«

Ungläubig sieht sie auf den gedeckten Tisch. Neben Bennis Platz entdeckt sie das Kochbuch. Sie geht auf Ben zu und drückt ihm einen dicken Kuss auf die Stirn. »Na, dann lass uns essen, bevor es kalt wird!«, ruft sie übermütig.

Am Ende sind beide pappsatt.

»Das war sehr lecker!« Zufrieden reibt sich die Mutter über den Bauch. »Du solltest häufiger kochen!«

Zur gleichen Zeit ruft der Weihnachtsmann nach Twinkie und seiner Frau.

»Habe ich mich nicht deutlich genug ausgedrückt?«

Zornig blickt er die Weihnachtsfrau an.

»Natürlich, du alter Grummelbart!«, sagt sie und versucht ihn zu besänftigen. »Twinkie war heute Morgen bei Ben und hat das Projekt beendet.«

Der kleine Elf nickt zustimmend.

»Aber warum versucht es der Junge weiterhin?«, fragt der Weihnachtsmann mit gerunzelter Stirn.

»Ich schätze, weil er Weihnachten liebt! Uns kannst du verbieten, dich aufzuhalten. Einem Menschenkind nicht«, verdeutlicht Twinkie dem Weihnachtsmann die Situation. »Das heute war seine eigene Idee. Sein eigener Wunsch, eine gute Tat zu vollbringen.«

Erhobenen Hauptes verlässt Twinkie die Besprechung. Zum Glück sieht nur die Weihnachtsfrau sein schadenfrohes Grinsen.

Rezept

Bratapfel mit Vanillesoße

Bratäpfel schmecken besonders gut mit warmer Vanillesoße. Wenn es draußen richtig kalt ist, solltest du das Rezept ausprobieren.

Du brauchst für 4 Bratäpfel:

- 4 große, knackige Äpfel
- 4 Esslöffel flüssigen Honig
- 4 Esslöffel gehackte Kerne (Mandeln, Walnüsse, Haselnüsse)
- 4 Esslöffel Rosinen
- 4 Esslöffel Butter
- 1 Teelöffel Zimt-Zucker
- 1 Paket Vanillesoße

1. Backofen auf 180°C vorheizen.
2. Äpfel waschen und abtrocknen. – Mit dem Messer das Kerngehäuse herausschneiden, ohne den Boden zu durchstechen. Lass dir dabei von deinen Eltern helfen!
3. Rosinen, Zimt-Zucker, gehackte Kerne, Honig und Butter zu einer Masse vermengen.
4. Äpfel in eine Auflaufform oder auf ein Backblech stellen und mit der Nuss-Rosinen-Füllung befüllen.
5. Für etwa 25 Minuten in den Ofen schieben.
6. Vor dem Servieren Vanillesoße in einem Topf erwärmen.
7. Äpfel in einer Schale anrichten und mit Vanillesoße übergießen. Tipp: Schmeckt auch gut mit Eis, Sahne oder Marzipan.

12

Heute ist Ben extra früh aufgestanden. Voller Hoffnung schaut er aus dem Fenster zum Himmel. Doch nichts passiert. Die Minuten schleichen dahin. Aber kein Rudolph erscheint. Irgendwie vermisst Benni den morgendlichen Besuch von Twinkie. Bis zum Schluss hofft er, dass es nur ein gemeiner Streich vom Weihnachtself ist. Immerhin war seine gute Tat gestern ein großer Erfolg gewesen. Ben hatte nicht nur seiner Mutter ein leckeres Essen gekocht, er hatte dafür sogar das Weihnachtsgeschenk aus dem letzten Jahr genutzt. Eigentlich hätte der Weihnachtsmann sich darüber total freuen müssen.

Doch irgendwann ist es Zeit, zur Schule aufzubrechen. Enttäuscht schlüpft er in seine Schuhe, zieht die Jacke an und verlässt das Haus.

»Dir werde ich es schon zeigen. Hörst du Weihnachtsmann?«, schimpft er, während er die Treppenstufen hinunter hüpft. »Du willst Weihnachten ausfallen lassen. Selbstsüchtig in den Urlaub fahren? Das kannst du vergessen. Das Weihnachtsfest findet statt!«

Auf dem Weg zum Bus lässt er sich alle Möglichkeiten durch den Kopf gehen. Doch er verwirft sie sofort wieder. Ihm fallen nur gute Taten ein, die er durch Twinkie schon kennenlernen durfte. Etwas Neues musste her.

»Verdammt, warum sind gute Taten nur so schwierig?«, grummelt er vor sich hin.

»Redest du mit mir?«, ertönt eine glockenhelle Stimme über ihm.

»Twi...«, er bricht abrupt ab, als er sieht, dass der Elf die Finger auf die Lippen legt. Twinkie sitzt in einem Katzenkostüm auf dem Baum. Ben verkneift sich das Lachen und kichert leise in sich hinein.

»Ja, ja, lach du ruhig«, regt sich der Elf auf, »da komm ich extra vorbei, um dich aufzumuntern. Und was ist? Du lachst mich aus.«

»Entschuldigung«, gluckst Benni, »aber du sieht so lustig aus.«

»Witzig. Auf die Schnelle habe ich kein anderes Kostüm gefunden.«

Schuldbewusst schaut Ben zur Twinkie-Katze. »Es tut mir leid. Hast du eine Idee für heute?«, fragt er optimistisch, aber der Elf schüttelt den Kopf.

»Ich darf dir nicht helfen. Eigentlich bin ich nur hier, um dich anzufeuern. Nur ein Benni weiß Rat für die nächste gute Tat! « Twinkie ruft den Spruch immer wieder und Ben lacht laut.

»Danke, dass du an mich glaubst«, freut er sich. Mit quietschenden Bremsen hält der Bus und öffnet die Türen. Verstohlen winkt Ben Twinkie zu und steigt ein. Rasch setzt er sich auf seinen Stammplatz direkt hinter der vorderen Tür. Im Winter sitzt dort nie jemand, wegen der kalten Luft von draußen. Ben rückt ans Fenster.

Aus der Jackentasche holt er seine Kopfhörer und schaltet die Musik an. Gedankenverloren blickt er aus dem Fenster und grübelt wieder über gute Taten nach. Die Türen schließen sich und der Bus fährt mit einem kräftigen Ruck an. Ben wird aus seinen Gedanken gerissen. Aus den Augenwinkeln heraus bemerkt er auf dem Gehweg eine Bewegung. Er dreht den Kopf zur Seite und sieht eine Mutter mit ihrem Kinderwagen. Eine Sekunde benötigt Ben. Dann erkennt er sie. Zwei Mal in der Woche fährt sie mit seinem Bus. Winkend rennt sie auf den Bus zu. Doch der Fahrer macht keinerlei Anstalten, den Bus anzuhalten. Entweder hat er sie nicht gesehen oder keine Lust. Ben springt von seinem Sitzplatz auf.

»HALT! STOP!«, schreit er. Der Busfahrer erschrickt und tritt auf die Bremse. Durch den Ruck wird Ben etwas nach vorne geschleudert. Tapfer hält er sich fest. Alle sehen ihn an. Zum Glück klopft jetzt gerade die Frau an die Scheibe. Mit einem wütenden Schnauben öffnet der Fahrer die Tür.

»Vielen Dank, dass Sie angehalten haben.« Schwer atmend bezahlt sie das Ticket und steigt mit dem Kinderwagen hinten ein.

Der Busfahrer schüttelt den Kopf und wirft Benni einen unfreundlichen Blick zu. »Schon mal was von Busfahrplan gehört, junger Mann? Noch so eine Aktion und du läufst ab morgen!«, schnauzt er ihn an.

Er setzt den Blinker und fädelt sich in den Verkehr ein. Ben atmet tief durch.

»Hat hier jemand im Bus damit ein Problem, dass wir jetzt eine Minute zu spät kommen?«, richtet er sich mit erhobener Stimme von seinen Sitzplatz aus an die anderen Fahrgäste und den Busfahrer. »Es ist Winter und zudem bald Weihnachten. Da sollte jeder Verständnis dafür haben, wenn der Bus kurz anhält. Soll das Baby mit seiner Mutter bei der Kälte draußen warten, bis der nächste Bus kommt?«

Von hinten ertönt zustimmendes Gemurmel. Der Busfahrer brummt erneut etwas von Fahrplan, ehe er stur nach vorne auf die Straße starrt.

»Ich fahre jetzt seit drei Jahren mit dem Bus. Und jeden Tag kommt er fünf Minuten zu spät bei der Schule an. So viel zum Thema Fahrplan«, entgegnet Ben.

Entrüstet wendet er sich ab und schaut demonstrativ aus dem Fenster. Von hinten werden nun auch andere Stimmen laut.

»Genau, wann sind Busse schon mal pünktlich!«

»Immer die kleinkarierten Menschen, die sonst im Leben nichts erreicht haben.«

»Nur eine herzlose Person lässt ein Baby bei den Temperaturen draußen frieren.«

Alle geben Ben recht. Zufrieden setzt Ben seine Kopfhörer wieder auf, und hört weiter Musik. An der Schule steigt Ben aus und verabschiedet sich freundlich von dem Busfahrer.

Der Weihnachtsmann sitzt in seinem gemütlichen Ohrensessel. Das Kaminfeuer prasselt und er studiert den Prospekt zum winterlichen Reiseziel. Bens gute Tat beachtet er nur nebenher. *Soll dieser sture Esel doch weiter gute Taten vollbringen. Mich überzeugt er nicht.* Weitere Gedanken verschwendet er nicht an Ben.

Rezept Weihnachtssterne

Fast zu schade, um zu sie zu essen, aber einmal probiert, bleiben sicherlich nur Krümel auf deinem Teller zurück.

Zutaten:

- ✭ 250 g Mehl
- ✭ 1 Messerspitze Backpulver
- ✭ 60 g Zucker
- ✭ 1 Ei
- ✭ 125 g kalte Butter
- ✭ 1 Prise Salz
- ✭ rote und weiße Zuckerperlen
- ✭ Zuckerguss
- ✭ rote Lebensmittelfarbe
- ✭ Sternform

1. Mehl, Butter, Ei, Backpulver, Zucker und Salz in eine Schüssel geben und mit dem Handmixer zu einem Teig kneten.
2. Teig in Frischhaltefolie wickeln und 1–2 Stunden in den Kühlschrank legen.
3. Teig auf einer bemehlten Arbeitsfläche ausrollen. Sterne ausstechen und auf ein mit Backpapier ausgelegtes Backblech legen. Für maximal 7–10 Minuten bei 175°C backen. Aus dem Ofen nehmen und auf einem Gitter abkühlen lassen.
4. Zuckerguss vorbereiten. (Rezept auf S. 38), einen Teil rotfärben.
5. Mit dem roten Zuckerguss den oberen Zacken vollständig und die äußeren zu einem Drittel bemalen. Nase wird auch rot.
6. Rote Flächen mit Weiß umranden, oben einen Tupfer weiß als Bommel. Dazu weiße Augen und weiße Knöpfe auf dem Bauch.

Es ist gar nicht so leicht, bewusst etwas Gutes zu tun. Ben ist klar, dass er gestern großes Glück hatte. Ohne die Frau mit dem Kinderwagen hätte er viel länger nach einer guten Tat suchen müssen. Erst der dritte Tag ohne Hilfe von Twinkie und der Weihnachtsfrau, aber schon jetzt fühlt sich Ben verdammt hilflos.

In der Schule geht er sogar nach der letzten Stunde zu seiner Klassenlehrerin.

»Frau Maarten, darf ich Sie etwas fragen?«, beginnt er.

Sie zwinkert ihm mit beiden Augen aufmunternd zu.

»Bald ist Weihnachten. Haben Sie eine Idee für eine gute Tat?«

Sie überlegt. Ben schaut sie erwartungsvoll an.

»Es gibt viele gute Taten. Gerade zu Weihnachten. Aber so auf die Schnelle fällt mir nichts ein. Wenn du mir bis morgen Zeit gibst, überlege ich zu Hause in Ruhe.«

»Ach, nicht so wichtig, Frau Maarten. Trotzdem danke.«

Ben läuft winkend aus der Klasse. Als er an der Straße ankommt, fährt sein Bus gerade ab.

»Verdammter Mist«, flucht er vor sich hin. »Jetzt muss ich den ganzen Weg nach Hause laufen. Oder eine halbe Stunde auf den nächsten warten.«

Missmutig stapft er los. Doch schon bald sind seine trüben Gedanken verschwunden. Es beginnt wieder in dichten Flocken zu schneien. Schon die ganze Nacht über hatte es geschneit und neben den Wegen türmen sich kleine Schneehügel, die vom Schneepflug stammen. Innerhalb weniger Minuten ist der Bürgersteig unter einer weißen Decke verschwunden. Wie jedes Kind freut auch er sich sehr über den vielen Schnee. Ben formt immer wieder Schneebälle und wirft sie auf einen imaginären Weihnachtsmann.

»Nimm dies, du Schurke«, ruft er übermütig. »Das ist dafür, dass du lieber in die Ferien fährst.«

Nach einigen Schneebällen fühlt sich Ben ein Stück besser. *Ich werde einfach meiner Mutter eine kleine Freude bereiten,* überlegt er sich. *Bei dem Wetter muss der Weihnachtsmann dafür Verständnis haben.* Am Nachmittag will er unbedingt den Schlitten aus dem Keller holen und auf dem nahe gelegenen Berg rodeln. Vielleicht sogar einen dicken, fetten Schneemann bauen. In Gedanken schmiedet er die tollsten Pläne.

Plötzlich reißt ihn eine nicht allzu weit entfernte Hupe aus dem Tagtraum. Erschrocken fährt er zusammen und bleibt stehen. Doch der Autofahrer meint nicht ihn. Vor ihm versucht eine alte Dame, mit einem Gehwagen von der Straße auf den Bürgersteig zu kommen. Der kleine Schneehügel am Straßenrand stellt jedoch ein unüberwindbares Hindernis dar. Ben sieht deutlich, wie sich die Dame abkämpft. Vor ihr steht ein Auto mit brummenden Motor. Der Autofahrer sitzt hinter dem Lenkrad und fuchtelt ungeduldig mit der Hand herum. Zum Überholen ist die kleine Straße zu schmal. Statt auszusteigen und kurz anzupacken, hupt er erneut. Diesmal länger. Die Dame beachtet ihn nicht. Konzentriert versucht sie, den Wagen über das Hindernis zu heben.

»Idiot«, ruft Ben, ohne nachzudenken. Mit großen Schritten läuft er zu der alten Frau. »Warten Sie. Ich helfe Ihnen.«

Voller Tatendrang packt Ben den Wagen auf der einen Seite und versucht, ihn über den Schneehügel zu hieven. Als es ihm nicht gelingt, tritt er den Schnee etwas zur Seite auf den freigeräumten Bürgersteig. Danach schaffen sie es gemeinsam. Hupend und mit durchdrehenden Rädern entfernt sich der Autofahrer. Wütend hebt Ben die Hand und zeigt ihm den Stinkefinger.

»Na, na, na, das gehört sich aber nicht«, tadelt ihn die alte Dame und grinst verschmitzt. »Ich danke dir für deine Hilfe. Ohne dich würde ich wahrscheinlich noch immer auf der Fahrbahn festsitzen.«

Sie setzt sich auf ihren Gehwagen. »Geräumte Straßen sind schön und gut. Es nützt nur wenig, wenn am Straßenrand solche Berge sind.« Entschlossen greift sie in ihre Handtasche und sucht dort in ihrer Geldbörse nach etwas Kleingeld.

»Eine gute Tat soll belohnt werden«, sagt sie vergnügt.

In der Hand hält sie Ben das zusammengesuchte Geld hin.

Ben sieht sie überrascht an.

»Nein danke. Ich habe Ihnen wirklich gerne geholfen.«

Ein Lächeln breitet sich auf seinem Gesicht aus.

»Eigentlich habe ich Ihnen zu danken. Sie haben mir geholfen.«

Überrascht zieht die alte Dame die Augenbrauen hoch. Sie packt das Geld zurück.

»Das musst du mir jetzt erklären. Ich heiße übrigens Bertha.«

»Und ich bin Ben.« Kurz überlegt er, dann erzählt er in groben Zügen vom Weihnachtsmann. Als er fertig ist, leuchten Berthas Augen. Sie wirkt um Jahre jünger.

»Komm mich doch mal besuchen. Ich wohne dort vorne um die Ecke im Altenheim. Zimmer 48!«, sagt sie und deutet auf eine Straße.

»Ich glaube, ich habe einige gute Ideen, wie wir den Weihnachtsmann gemeinsam überzeugen können. Natürlich nur, wenn du Hilfe benötigst!«

Statt am Nachmittag mit seinen Freunden den vielen Schnee zu genießen, besucht er Bertha im Altenheim. Bei dampfender Schokolade mit Sahne stecken sie ihre Köpfe zusammen. Und Bertha hat viele außergewöhnliche Idee. Wie zwei kleine Kinder tuscheln sie. Zumindest für den nächsten Tag entsteht ein richtiger Plan. Erleichtert bricht Ben am Abend auf.

»Hoffentlich hat der Weihnachtsmann nicht gelauscht«, flüstert Bertha hinter vorgehaltener Hand. Immerhin soll der morgige Plan eine Überraschung sein.

Sie haben Glück, denn tatsächlich hat der Weihnachtsmann sein Ohr ganz dicht an den Zauberspiegel gehalten. Trotzdem verstand er nicht, was die beiden ausgeheckt haben. Kein einziges Wort hat er gehört. Am Ende wendet er sich beleidigt ab.

»Mir doch egal, was ihr da tuschelt«, grummelt er eingeschnappt. Als er Twinkie an der Tür entdeckt, verschluckt er sich an seinem heißen Kakao. Hustend versucht er, die Situation zu überspielen, indem er sagt: »Gut, dass du kommst, Twinkie. Habt ihr schon angefangen zu packen?«

Bastel-
tipp

Kuscheliger Schneemann

Weit und breit kein Schnee in Sicht, aber du willst trotzdem einen Schneemann haben? Dann bastel doch einfach einen! Wenn du dir Mühe gibst, kannst du die Schneemänner auch verschenken.

Du brauchst:

- weißen und schwarzen Tonkarton
- 1 Glas
- Bleistift
- Schere
- Watte
- Klebe
- Filzstifte
- ein Foto von dir

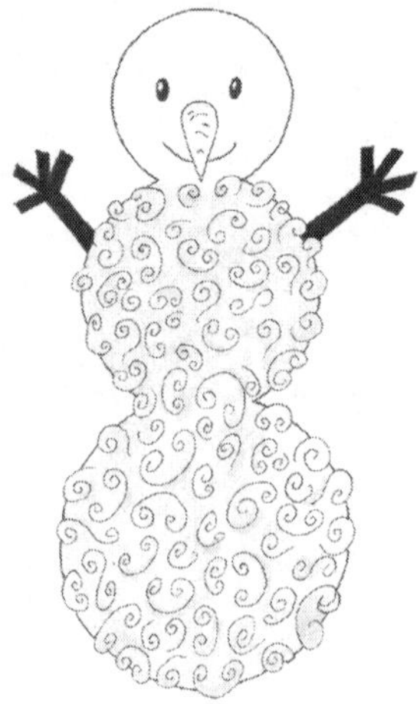

1. Glas mit der Öffnung auf den weißen Tonkarton stellen. Am Glas entlang außen mit dem Bleistift einen Kreis ziehen. 2x wiederholen. Du brauchst 3 Kreise, die sich berühren und zusammen wie ein Schneemann aussehen.
2. Schneemann ausschneiden.
3. Auf den Kopf ein Gesicht malen oder dein Gesicht aus dem Foto ausschneiden und aufkleben.
4. Aus dem schwarzen Tonkarton Besen und Hut ausschneiden und aufkleben.
5. Wattebäuschen kleinrupfen und auf den mittleren und unteren Pappkreis kleben.

Heute kann Ben gar nicht früh genug aufstehen. Singend stellt er sich unter die Dusche, putzt sich die Zähne und isst eine Kleinigkeit. Ungeduldig wartet er auf den Bus, als er ein leises Zischen hört. Mit zusammengezogenen Augenbrauen lauscht er – das merkwürdige Geräusch kommt aus dem Mülleimer! Unentschlossen geht er einen Schritt darauf zu. Durch den Schlitz erkennt er eine rote Zipfelmütze. Erleichtert lehnt er sich an den Laternenpfahl.

»Hey, Twinkie«, flüstert er, »wie geht es dir?«

»Gut, lieber Benni.« Ben hört ein Rascheln. Gefolgt von einem lauten Niesen. »Ist das eklig! Wird der Mülleimer nie geleert? Das Brot muss doch schon mindestens eine Woche vor sich hin schimmeln!« Angeekelt zetert der Elf vor sich hin. Mit der Hand vor dem Mund versucht Benni, sein Lachen zu unterdrücken.

»Hast du das gestern gesehen?« Als Twinkie aufhört zu fluchen, redet er weiter. »Ich habe Bertha getroffen und sie hilft mir. Ilse findet die Idee auch super.«

Twinkie hustet. »Den Weihnachtsmann habt ihr jedenfalls richtig neugierig gemacht. Die Elfen schließen schon Wetten ab, was ihr euch habt einfallen lassen. Also ich habe …«

Der Bus kommt um die Ecke, sodass die letzten Worte untergehen. Ben verabschiedet sich schnell von seinem kleinen Freund.

»Ich wette, ihr liegt alle falsch. Darauf kommst nicht mal du«, antwortet Ben und grinst.

»Mir kannst du doch …«

Mehr hört Ben nicht, denn er steigt in den Bus ein.

In der Schule angekommen, rennt er direkt zum Lehrerzimmer. Frau Maarten ist schon da. Ben bedeutet ihr, sich zu ihm nach unten zu beugen und leise flüstert er ihr etwas ins Ohr. Einen Moment zögert sie.

»Mensch Benni, das ist eine grandiose Idee. Wie kommst du denn darauf?«, fragt sie und nickt anerkennend.

Ohne lange zu überlegen, erzählt er ihr vom Weihnachtsmann. Ihm ist klar geworden, dass er es alleine unmöglich schaffen kann. Ungläubig lauscht Frau Maarten und schüttelt immer wieder den Kopf.

»Du hast eine blühende Fantasie. Aber deine Idee gefällt mir. Auch wenn ich nicht an den Weihnachtsmann glaube, bin ich dabei.«

Die Schulglocke läutet und gemeinsam laufen sie plaudernd zur Klasse. Ben setzt sich an seinen Platz. Hannah zieht fragend die Stirn nach oben, aber Ben zuckt nur die Schultern. Nachdem sie die Anwesenheit abgefragt hat, setzt sich die Lehrerin auf das Lehrerpult und erzählt der Klasse von Bens Idee. »Heute verzichten wir einmal auf Mathe und Deutsch. Ben ist mit einer guten Idee an mich herangetreten. So kurz vor Weihnachten möchte ich ihn dabei unterstützen.«

Neugierig lauscht die Klasse und wirft Ben hin und wieder verstohlene Blicke zu.

»Statt Mathe und Deutsch werden wir gleich malen. Genauer gesagt, wird jeder von euch ein paar Weihnachtsbilder zeichnen«, erklärt sie der Klasse. »Ganz egal was. Wichtig ist nur, dass ihr euch ausnahmsweise Mühe gebt und wir 82 zauberhafte Bilder bekommen.«

Hocherfreut, nicht lernen zu müssen, fangen die Kinder an. Nach der fünften Stunde liegt ein Stapel wunderschöner Bilder vor der Lehrerin. Winterlandschaften, Weihnachtsbäume, Schneemänner. Leuchtende Farben, wohin man schaut.

»Frau Maarten, verraten Sie uns jetzt, wozu Sie die Bilder brauchen?«

Sie deutet auf Ben, der knallrot anläuft.

»Also«, fängt er stotternd an, »ich habe gestern Bertha kennengelernt. Sie wohnt im Altenheim und hat wie viele andere niemanden, der sie besucht. Das hat mich traurig gemacht und ich dachte, wir könnten den Bewohnern Bilder schenken.«

Benni rechnet mit unzähligen blöden Sprüchen. Doch stattdessen stimmen ihm die Klassenkameraden zu.

»Tolle Idee«, lobt Sören ihn.

»Fährst du heute hin?«, fragt Hannah ihn aufgeregt. »Kann ich mitkommen?«

Am Nachmittag ist Ben mit seiner besten Freundin und Frau Maarten vor dem Altersheim verabredet. Lea und Nicole stoßen auf dem Weg dazu. Überraschenderweise warten am Hauseingang weitere Mitschüler. Darunter auch Michael und Lars, der bekannt ist für seine große Klappe. Kurz darauf erscheint Bertha zusammen mit der Heimleitung am Eingang. Die Gruppe wird nach und nach zu den Bewohnern geführt, die alle eins der Bilder erhalten.

In den Augen vieler älterer Bewohner erkennen die Kinder deutlich, wie sehr sie sich über diese Kleinigkeit freuen. Sie bedanken sich überschwänglich oder wischen sich eine Träne aus dem Augenwinkel. Einige Bewohner meckern vor sich hin, hängen aber unverzüglich das Bild in ihrem Zimmer auf.

Nach ihrem Rundgang treffen sich alle im Aufenthaltsraum. Dort wartet Bertha mit jeder Menge Kuchen und Kakao aus der Küche.

Ben setzt sich mit Hannah zu Bertha.

»Wenn das den Weihnachtsmann nicht berührt, dann weiß ich auch nicht«, sagt Bertha und zwinkert Ben zu. Mit großen Augen schaut Hannah von der alten Dame zu Ben und zurück.

»Wie meint ihr das mit dem Weihnachtsmann?«

Er schluckt und lugt vorsichtig zu Bertha. Sie nickt ihm aufmunternd zu. Hörbar atmet er aus. Dann weiht er Hannah in sein Geheimnis ein. Als er fertig ist, steht ihr Mund weit offen und sie starrt ihn an.

»Du verarscht mich jetzt, Benni, oder?«, hakt sie nach. »Leider nein. Er existiert wahrhaftig. Wenn es mir nicht gelingt, ihn zu überzeugen, dann fällt Weihnachten dieses Jahr flach.«

»Und das erwähnst du mal so nebenbei. Schöner bester Freund!« Eingeschnappt dreht Hannah sich weg. Aber nur ganz kurz, dann ist sie wieder die Alte.

»Ich helfe dir!«, verspricht sie Ben mit leuchtenden Augen.

»Dieser Ben.« Dem Weihnachtsmann fehlen die Worte. »Nicht nur eine gute Tat, sondern gleich die ganze Klasse.«

Mit zwei Fingern fährt er sich durch den Bart und überlegt, wie er sich nun verhalten soll. Dann entschließt er sich, nicht weiter darüber nachzudenken. Stattdessen schreibt er eine Packliste für den Weihnachtsurlaub. Bei seinem ersten Urlaub darf nichts vergessen werden. Vor allen Dingen nicht die Badehose.

Rezept

Heiße Schokolade

Eine Tasse heiße Schokolade gehört einfach zu Weihnachten dazu. Hier hast du ein leckeres Rezept, das dir ein Lächeln aufs Gesicht zaubern wird.

Du brauchst:
- 250 ml Milch
- 100 ml Sahne
- 3 Teelöffel Puderzucker
- 75 g dunkle Schokolade
- 1 Teelöffel Zimt-Zucker

1. Milch auf dem Herd erwärmen, aber nicht aufkochen lassen.
2. Die dunkle Schokolade hinzugeben und in der Milch schmelzen lassen.
3. Sahne mit dem Puderzucker steif schlagen.
4. Die Hälfte der Sahne im Anschluss unter die Schokoladenmilch rühren.
5. Zimt hinzugeben
6. Die andere Hälfte der Sahne als Klecks auf den Kakao geben.
7. Vorsicht, heiß!

15

Als Benni an diesem Morgen aufsteht, schaut er sofort nach draußen. Statt Twinkie entdeckt er eine Menge neuen Pulverschnee. Seine Augen leuchten.

»Jippie, noch mehr Schnee!«, ruft er.

Aufgeregt hüpft er auf und ab. Am Abend zuvor hatte die Lehrerin eine Telefonkette ausgelöst und einen Rodelvormittag angekündigt, wenn genügend Neuschnee liegt.

Schnell zieht er sich seine dicke Schneehose an und sucht sich einen warmen Pullover. In der Küche wartet schon seine Mutter auf ihn.

»Guten Morgen«, begrüßt sie ihn lachend, »wie siehst du denn aus? Soll ich uns ein paar Pfannkuchen machen?«

»Keine Zeit. Bei dem Wetter muss ich einfach zu Fuß gehen!«

Nachdem er die letzten Tage nicht wirklich Zeit dafür gehabt hat, hält ihn jetzt nichts mehr. Er schnappt sich sein Pausenbrot und drückt seiner Mutter einen Kuss auf die Wange.

»Tschüss, Mama. Bis heute Abend!«

In Windeseile schlüpft er in seinen dicken Anorak und holt seinen Schlitten aus dem Keller. Unterwegs holt er Hannah ab. Zusammen laufen sie Richtung Rodelberg, wo schon der Rest der Klasse wartet. Ausgelassen toben sie am Hang herum oder reden über den gestrigen Tag. Noch immer sind viele Kinder begeistert davon, wie sehr die Bewohner sich über ein einfaches Bild gefreut haben.

Rennend ziehen sie ihre Schlitten den Berg hinauf. Außer Atem kommen sie oben an. Alleine oder zu zweit geht es in halsbrecherischem Tempo nach unten. Überall ertönt das Kreischen und Lachen der Kinder.

Während sie oben auf eine freie Bahn warten, unterhalten sich Hannah und Ben.

»Welche gute Tat hast du für heute geplant?«, fragt sie. Benni öffnet den Mund und schließt ihn wieder. Bei all dem Spaß hat er sich bis jetzt null Gedanken gemacht.

»Keine Ahnung«, gesteht er. Von unten hört er seine Lehrerin laut rufen:

»BENNI!«

Winkend setzt er sich auf den Schlitten und saust hinunter. Hannah folgt ihm.

Schnaufend und mit roten Wangen kommt Benni vor ihr zum Stehen. Neben seiner Lehrerin ist ein älterer Mann mit lustigen Rentier-Ohrenwärmern.

»Sie haben mich gerufen, Frau Maarten?«

»Genau.« Sie nickt. »Das ist Herr Bremer vom *Stadtanzeiger.*«

Sie deutet auf den Mann, der mit dem Kopf einen Gruß andeutet.

»Er hat von der Aktion gestern erfahren und würde gerne darüber im Stadtanzeiger berichten.«

»Das ist richtig«, ergreift Herr Bremer das Wort. »Du bist also der Junge, der diese Aktion ins Leben gerufen hat?«

Eifrig bejaht Benni die Frage.

»Ich würde gerne wissen, wie du auf diese Idee gekommen bist.«

Bevor Ben antworten kann, wird sein Mund völlig trocken. Seine Gedanken überschlagen sich.

Was soll ich ihm bloß erzählen?, schießt es ihm durch den Kopf.

Hannah bemerkt sofort, dass Benni nicht weiß, was er sagen soll. Spontan ergreift sie das Wort: »Wussten Sie, dass viele alte Menschen niemanden mehr haben? Ich wusste es bis gestern nicht. Johann hat mir zum Beispiel erzählt, dass seine Familie ihn nicht mehr besucht, seit er gebrechlich ist und nicht mehr so kann wie früher. Und Frau Schrader hat mir erzählt, dass sie immer nur für die Firma gelebt hat und jetzt ganz alleine ist. Das ist verdammt traurig. Weihnachten ist schließlich ein Fest der Liebe, sagt meine Mama immer. Da soll man nicht immer nur an sich denken. Deswegen finde ich es klasse, dass Benni und Bertha sich diese Aktion ausgedacht haben. Finden Sie nicht auch?« Erwartungsvoll schaut sie den Reporter an.

»Haben Sie schon mit den Bewohnern des Altenheimes gesprochen? Die Bilderaktion kam sehr gut an.« Einen Augenblick überlegt sie. »Wie wäre es mit folgender Idee. Fordern Sie Ihre Leser auf, selbst etwas Gutes zu tun. Weihnachten rückt immer näher!«

»Ja, ja, das ist eine hervorragende Idee«, sagt er sichtlich irritiert.

Auf einmal sieht man, wie ihm eine noch bessere Idee kommt. Sein Gesicht hellt sich auf. Ohne sich zu verabschieden, stapft er vor sich hin murmelnd zum Parkplatz.

»Komischer Kauz«, sagen Hannah und Ben gleichzeitig und lachen. Frau Maarten lacht mit.

Übermütig rennen die beiden Freunde zurück zum Berg und rodeln, bis es Zeit ist, nach Hause zu gehen.

Auf dem Rückweg zur Schule albern die Kinder herum. Plötzlich ertönt ein erstickter Schrei. Ben dreht sich um und sieht noch, wie

Frau Maarten stürzt. Einige Klassenkameraden lachen schadenfroh. Benni lässt das Seil seines Schlittens los und stürmt zu seiner Lehrerin.

»Haben Sie sich verletzt?«, fragt er aufgeregt. »Sie bluten!« Er deutet auf ihre Stirn, wo ein fetter Kratzer zu sehen ist. Benommen setzt sich Frau Maarten auf. Aus seiner Jackentasche nestelt Ben ein Taschentuch heraus und überreicht es seiner Lehrerin.

»Danke, Ben«, antwortet sie mit matter Stimme. Als sie versucht aufzustehen, stöhnt sie auf. Beherzt bietet ihr Benni den Arm an und versucht, sie so gut es geht zu stützen.

»Oh«, ächzt sie laut auf, »mein Fuß.«

Hannah zeigt auf eine Bank in der Nähe. Langsam humpelnd geht Frau Maarten zu der verschneiten Bank. Benni wedelt mit seinen Handschuhen den Schnee herunter.

»Setzen Sie sich!«

Behutsam hebt sie ihren Fuß nach oben und zieht die Socke herunter. Ihr Knöchel ist leicht geschwollen.

»Scheint nichts gebrochen zu sein«, stellt sie erleichtert fest.

»Sollen wir trotzdem einen Arzt rufen?«, erkundigt sich Ben besorgt.

»Nein, wir können gleich weiter. Nur noch einen Moment.« Und in der Tat: Nach einigen Minuten kann die Lehrerin ihren Fuß wieder etwas belasten. Im Schneckentempo stapft die Klasse weiter. Als die Schule in Sicht ist, reicht Benni Hannah das Seil seines Schlittens. Die restlichen Meter sprintet er und kommt außer Atem beim Lehrerzimmer an. Dort klopft er laut an die Tür. Herr Walsheim, der Sportlehrer, öffnet.

»Kommen Sie bitte mit! Frau Maarten ist gestürzt!«

Benni ergreift seine Hand und zieht ihn aus dem Lehrerzimmer. Sobald sie Frau Maarten sehen, läuft er erschrocken zu seiner Kollegin und hilft ihr, ins Warme zu kommen. Während die anderen Schüler sich auf den Weg nach Hause machen, wartet Benni zusammen mit Hannah vor dem Lehrerzimmer. Erst als Herr Walsheim herauskommt, ist Ben beruhigt.

»Alles gut, nur etwas angeschwollen. Kühlen, hochlegen und morgen ist sie wieder fit.«

Hinter ihm erscheint Frau Maarten: »Danke, Benni. Danke, Hannah.«

Der Weihnachtsmann betritt nach einem langen Spaziergang sein Haus. Mit einer heißen Schokolade setzt er sich an den Kamin. Es dauert nicht lange und er ist vertieft in sein Kreuzworträtsel. Als es klopft, schaut er nur kurz auf.

»Was gibt es, Twinkie?«

»Ich wollte nur nachfragen, ob Sie schon wissen, wann wir in den Urlaub aufbrechen.«

Twinkie tritt von einem Bein auf das andere. Hoffnungsvoll schaut er den Weihnachtsmann an. Vielleicht hat er seine Meinung geändert?

»Früh, auf jeden Fall früh«, antwortet er und ist schon wieder in sein Kreuzworträtsel vertieft. »Gewässerrand mit sieben Buchstaben?«

Mit hängenden Schultern verlässt Twinkie das Kaminzimmer.

Von hinten ertönt ein lautes »Seeufer! Na klar!«

Bastel-tipp

Weihnachtliche Schneekugel

Wolltest du schon immer mal eine Schneekugel selber basteln? Das ist gar nicht so schwer. Und du kannst sie gestalten, wie es dir gefällt.

Du brauchst:

- ein leeres Glas mit Deckel (Marmeladen-, Apfelmus-, Gurkenglas oder so)
- kleine Figuren für innen
- Schneeflocken: Glitter, Kunstschnee oder kleine Perlen – was dir gefällt
- destilliertes Wasser
- wasserfesten Kleber oder Heißkleber

1. Mit Heißkleben die Figuren auf die Innenseite des Deckels kleben. Bitte deine Eltern, dir dabei zu helfen.
2. Gut fest drücken und warten bis der Kleber gehärtet ist. Zur Probe einmal an der Figur ziehen. Hält sie, geht es mit dem nächsten Schritt weiter.
3. Destilliertes Wasser in das Glas füllen und »Schneeflocken« hinzugeben. Manche sinken langsamer, andere schneller. Probier es aus!
4. Deckel auf das Glas schrauben und noch einmal mit dem Kleber versiegeln. Auch hier ist Heißkleber die bessere Option.
5. Viel Spaß beim Schütteln!

Heute ist Ben wieder sehr früh in der Schule. Gespannt wartet er auf Frau Maarten. Als sie den Klassenraum betritt, fällt ihm ein Stein vom Herzen. Sie humpelt kaum noch. Nach der Anwesenheitskontrolle setzt sie sich aufs Pult.

»Gestern habe ich mir sehr weh getan«, fängt sie an. »Leider haben viele von euch nur gelacht. Lediglich Hannah und Ben haben mir geholfen.«

Betrübt senkt sie den Blick.

»Das finde ich unendlich schade. Ich dachte, ihr hättet nach der Aktion mit den Bildern etwas gelernt.«

Frau Maarten sieht wieder hoch und klatscht in die Hände.

»Aus diesem Grund habe ich beschlossen, die restlichen Tage bis Weihnachten für wichtigere Dinge zu nutzen. Unsere jetzige Lektion heißt Nächstenliebe.«

Überrascht tuscheln die Kinder miteinander.

»Was genau machen wir denn heute?«, erkundigt sich Kathi zögerlich. »Gehen wir wieder ins Altersheim?«

»Nein, Kathi. Aber wir brechen in der Tat gleich auf. Und zwar geht es heute in die Stadtbücherei.«

Einige stöhnen genervt auf.

»Man nennt dies eine Win-Win-Situation!«

Deutlich sieht man die Fragezeichen über den Köpfen der Schüler. Frau Maarten lacht herzlich.

»Das heißt, beide Seiten gewinnen. Für euch fällt der Unterricht heute aus.«

Die Kinder brechen in Jubelschreie aus. Als sie sich beruhigt haben, redet sie weiter: »Dafür werdet ihr in der Stadtbücherei lesen. Viele von euch sind keine besonders guten Leser. Euch wird es nicht schaden, etwas zu üben.«

»Ist es egal, was wir lesen?«, fragt Nick. Er ist einer der schwächsten Leser in der Klasse und liebt Comics, wie jeder weiß.

»Ja und nein. Außer uns kommt der Kindergarten in die Bücherei. Jeder von euch wird heute eine Patenschaft übernehmen. Das heißt, eure Patenkinder dürfen sich aussuchen, welches Buch ihr ihnen vorlest.« Sie wartet, bis das Tuscheln aufhört. »Denkt dran. Lest langsam und deutlich. Und«, Frau Maarten hebt mahnend den Finger, »benehmt euch! Bereit? Dann lasst uns aufbrechen.«

In der Stadtbücherei warten schon die Kinder aus dem Kindergarten. Anfangs stehen alle schüchtern herum. Irgendwann reicht es Hannah. Sie verdreht die Augen und geht einen Schritt auf die kleinen Kinder zu: »Na, wem darf ich vorlesen?«

Zahlreiche Hände schießen nach oben. Hannah entscheidet sich für ein Mädchen, das glatt ihre Schwester sein könnte. Nach und nach verschwinden die ungleichen Paare. Sie suchen sich ein Buch aus und setzen sich damit in eine kuschelige Ecke. Ben sieht dem regen Treiben mit einem wohligen Gefühl in der Herzgegend zu. All die strahlenden Augen.

»So muss sich der Weihnachtsmann fühlen, wenn die Kinder ihre Geschenke auspacken«, redet er vor sich hin.

»Da gebe ich dir recht«, stimmt ihm Frau Maarten zu. »Deswegen habe ich mir gestern diese Aktion einfallen lassen. Willst du dir kein Kind suchen?«

Nur noch wenige Kinder stehen alleine herum. Ein kleines Mädchen versteckt sich hinter dem Rücken ihrer Erzieherin. Ben geht zu ihr und hockt sich hin.

»Hallo, ich heiße Ben, aber meine Freunde nennen mich Benni. Was hältst du davon, wenn ich dir heute dein Lieblingsbuch vorlese?«

Das Mädchen duckt sich hinter der Erzieherin.

»Ich glaube, es ist besser, wenn du dir ein anderes Kind aussuchst. Lilly hat vor wenigen Monaten ihre Mutter verloren und ist seitdem sehr anhänglich und durcheinander. Ich denke, es ist besser, wenn ich ihr heute vorlese.«

Die Erzieherin wendet sich ihrem Schützling wieder zu. Doch Ben ist schneller.

»Moment«, sagt er und schnappt sich die winzige, zerbrechliche Hand. »Lilly, ich weiß, wie du dich fühlst. Mein Papa ist vor einigen Jahren gestorben. Ich vermisse ihn noch immer ganz doll.«

Das Mädchen lugt hinter dem Rücken hervor. Dadurch fühlt sich Ben ermutigt.

»Deine Mama kann ich dir nicht zurückbringen, aber ich kann dir verraten, was mir geholfen hat! Meine Mutter hat mir damals ein Buch geschenkt. Weißt du was drin stand?«

Lilly schüttelt kaum merklich den Kopf.

»Es ist ein wirklich schönes Buch. Es zeigt dir, wo deine Mama ist. Wollen wir es uns gemeinsam anschauen?«

Lilly tritt schüchtern hinter ihrer Erzieherin vor. Ängstlich sieht sie Ben in die Augen, und nickt dann stumm. Nach einigem Suchen stellt Ben fest, dass die Bücherei das Buch nicht hat.

Deshalb erzählt er ihr die Geschichte aus dem Kopf.

»Der Mond ist eines der wenigen Dinge, die man von jedem Punkt der Welt sehen kann. Wenn du ihn siehst, dann weißt du, dass deine Mama an dich denkt«, erklärt er ihr am Ende.

Lilly fängt leise an zu weinen und erzählt stockend von ihrer Mutter. Als sie fertig ist, ist es auch schon Zeit zum Aufbruch. Schüchtern winkt sie zum Abschied und schenkt Benni ein winziges Lächeln.

»Danke«, formuliert die Erzieherin stumm, als sie am Ende des Erzählvormittages die Bücherei verlassen.

»Frau Maarten, darf ich bitte nach Hause?« Einen Moment sieht er seine Lehrerin an, dann dreht er sich um. »Ich muss was sehr Wichtiges erledigen«, ruft er ihr über die Schulter zu.

So schnell seine Beine ihn tragen, läuft er nach Hause. Oben angekommen, sucht er sein Buchregal ab. Als er das Buch findet, rennt er zum Kindergarten. An der Eingangstür klingelt er.

»Hallo, ich habe hier etwas für Lilly«, japst er, als die Erzieherin die Tür öffnet.

»Tut mir leid. Lilly wurde vor fünf Minuten von ihrem Vater abgeholt.«

Sein Lächeln fällt zusammen.

»Ist das das Buch, von dem du Lilly erzählt hast? Wenn du möchtest, lass es hier und ich gebe es ihr morgen. Das wird sie sicherlich sehr freuen.«

Lächelnd nimmt sie ihm das Buch ab und streichelt ihm zum Dank über den Kopf.

Der Weihnachtsmann sitzt im Badezimmer auf dem Klodeckel. Niemand soll sehen, dass er vor Rührung weint.

Vielleicht sollte ich Weihnachten doch stattfinden lassen, überlegt er sich. Und beginnt dann, laut zu schimpfen: »Nein, nein und noch mal nein! Meine Entscheidung steht fest! Dieser Bengel wird mich nicht davon abhalten, die Welt wachzurütteln! Außerdem habe ich mir meinen Urlaub verdient. Wenn nicht jetzt, wann dann?«

Wütend stampft er mit dem Fuß auf und verlässt mit knallrotem Kopf das Badezimmer. Twinkie, der vor der Tür steht, lässt er links liegen.

Rezept

Gebrannte Pfannenmandeln

Gebrannte Mandeln kann man selbst herstellen – einfach in der Pfanne. Wenn du keine Mandeln magst oder verträgst, funktioniert das Rezept auch mit Erdnüssen, Haselnüssen oder anderen Kernen. Probiere das Rezept unbedingt gemeinsam mit deinen Eltern aus.

Du brauchst:

- 200 g geschälte Mandeln
- 125 ml Wasser
- 200 g Zuckerguss
- 1 Päckchen Vanillezucker
- ½ –1 Teelöffel Zimt

1. Wasser, Zucker, Zimt und Vanillezucker vermengen und in einer Pfanne oder einem nicht zu hohen Topf erhitzen.
2. Sobald die Masse kocht, Mandeln hinzugeben.
3. Ständig umrühren, bis die Masse an den Mandeln klebt und sie gut bedeckt.
4. Mandeln nach und nach mit einem Löffel herausnehmen und auf ein Stück Backpapier legen.
5. Nach etwa 5–10 Minuten ist die Zuckermasse um die Mandeln ausgehärtet.
6. Guten Appetit!

Gähnend tapst Ben durch die Wohnung und zieht sich langsam an. Ein Klopfen lässt ihn aufhorchen. Winkend steht der Weihnachtself auf dem Fensterbrett. Verkleidet als Schneeflocke. Schmunzelnd beeilt sich Ben, das Fenster zu öffnen.

»Twinkie, schön dich zu sehen. Gibt es Neuigkeiten?«

»Sag doch nicht immer meinen Namen so laut«, schimpft der kleine Elf wie ein Rohrspatz. »Sonst erkennt mich noch der Weihnachtsmann.«

Langsam wackelt Twinkie auf den Schreibtisch.

»Ich bin hier, weil es Neuigkeiten gibt. Du berührst den Griesgram. Nur zugeben will er es nicht. Ich könnte schwören, er hat gestern auf dem Klo heimlich geweint. Gib dir weiterhin so viel Mühe. Ich glaube, dann schaffen wir es.«

Ben salutiert vor der Schneeflocke.

»Aye, aye, Sir«, scherzt er und öffnet der Flocke das Fenster, damit sie wieder im Schneegestöber untertauchen kann.

Obwohl Samstag ist, geht Ben in die Schule. Vor seinem Klassenzimmer warten schon einige Mitschüler. Manche Kinder sind in Begleitung ihrer Eltern.

»Guten Morgen zusammen«, begrüßt Ben die anderen. »Habt ihr alles gekauft?«

Die Gruppe ist aus dem Häuschen. Alle reden durcheinander, bis Frau Maarten erscheint.

»RUHE!«, ruft sie lachend. »Wollen wir dann anfangen?«

Für die Kinder gibt es kein Halten mehr. Sie rennen in Richtung Lehrküche. Dort bilden sich kleinere Grüppchen. Jede erhält einen Zettel von Frau Maarten, auf dem ein Keksrezept steht. Schüsseln werden aus dem Schrank genommen, die Backöfen angeschaltet und Zutaten abgewogen. Kinder und Eltern backen gemeinsam haufenweise Kekse. Ein Blech nach dem anderen verlässt den Backofen. In der Schulküche duftet es herrlich nach Zimt, Zucker, Orangen, Kokosnuss und Lebkuchengewürz.

»Na, werdet ihr wohl!« Lachend droht Frau Maarten Hannah und Michael. Schuldbewusst hören die beiden auf zu kauen.

»Die sind aber so lecker!« Mit vollen Mund versucht Hannah, sich zu rechtfertigen.

Eine Stunde später klatscht Frau Maarten in die Hände. »Ich habe hier heißen Kakao! Wer möchte eine Tasse und dazu selbstgemachte Kekse?«

Jubelnd stürmen die Kinder auf sie zu. Für die Eltern stehen Kaffee und Tee auf dem Tablett bereit.

Nach der kleinen Stärkung backen alle Beteiligten fleißig weiter. Vanillekipferl, Schachbrettkekse, Marmeladenkekse, Kokosmakronen und vieles mehr zaubern die fleißigen Helfer. Nachdem der gesamte Teig aufgebraucht ist, verteilt die Lehrerin kleine, durchsichtige Tütchen.

»Für die Kekse. Immer zehn Stück in eine Tüte.«

Die eifrigen Helfer nicken und beginnen, die Tüten zu füllen. Gegen Mittag haben sie es geschafft, übrig bleiben nur ein paar Krümel.

»Fertig!«, freut sich Kathi und schnappt sich schon ihre Jacke.

»Junge Dame, gehört zum Backen nicht noch etwas?«, fragt Frau Maarten sie.

Hilfesuchend guckt Kathi in die Gruppe.

»Aufräumen«, flüstert Ben ihr zu.

Stöhnend verzieht sie das Gesicht.

»Du kannst zusammen mit Hannah das Plakat malen«, bietet Frau Maarten ihr an.

Als die Küche sauber ist, ist auch der Aushang fertig.

Weihnachtskekse
1 Beutel = 1,50 €
Der Erlös wird an
»Jedes Kind verdient Weihnachten«
gespendet!

Am Nachmittag trifft sich die ganze Klasse mit Frau Maarten auf dem Weihnachtsmarkt. Sie bauen einen Tapeziertisch auf, auf den sie die Kekstüten stellen. Hannah, Ben und Simon stehen hinter dem Stand und sollen die Kekse verkaufen. Ein paar andere Kinder aus der Klasse stehen davor, haben Kerzen in den Händen und singen Weihnachtslieder. Von *Stille Nacht, Heilige Nacht* über *Ihr Kinderlein kommet* bis *Zu Bethlehem geboren*. Das Schild, das Hannah und Kathi gemalt haben, stellen sie gut lesbar mitten auf den Tisch, damit die Besucher des Marktes genau wissen, was hier angeboten wird. Manche nehmen eine Tüte in die Hand und legen sie dann wieder weg. Nach einer Stunde ist noch kein einziger Keks verkauft.

»Wenn es so weiter geht, bleiben wir auf den Keksen sitzen!«, stöhnt Hannah. Da fasst Benni einen Entschluss. Obwohl er aufgeregt ist, stellt er sich auf seinen Stuhl. Er formt die Hände zu einem Trichter und fängt an zu schreien.

»Kekse! Selbstgemachte Kekse! Kauft Kekse für einen guten Zweck!«, ruft er, um die Ware anzubieten. Immer mehr Leute schlendern zum Stand.

»Ich hätte gerne eine Tüte«, hört er eine ihm bekannte Stimme.

Ben schaut sich um und entdeckt seine Mutter direkt neben sich am Stand.

»Natürlich, sehr gerne, junge Frau. Das macht 1 Euro 50.«

Trotz seines klopfenden Herzens bemüht er sich, wie ein Kaufmann zu wirken.

»Stimmt so, mein Schatz«, sagt sie und reicht ihm 2 Euro.

»Woher wusstest du von der Aktion?«, erkundigt sich Ben.

Seine Mutter hatte so viel zu tun in den letzten Tagen, dass Ben ihr gar nichts davon erzählt hatte. Sie deutet auf eine Person am anderen Ende des Tisches. Dort steht Ilse und packt zwei Tüten Kekse in ihre Handtasche.

»Hey Benni, guck mal, wer da ist!«, ruft Hannah ihm zu.

Ganz langsam schiebt Bertha ihren Gehwagen auf den Stand zu. Überglücklich stellt Ben Bertha seiner Mutter und Ilse vor. Die drei Frauen unterhalten sich eine Zeitlang, während Ben daneben steht und sich freut. Dabei verstehen sie sich sofort und beschließen, gemeinsam über den Weihnachtsmarkt zu schlendern.

»Wir lassen dich dann mal arbeiten«, verabschiedet sich seine Mutter von ihm und streicht ihm dabei über die Haare. »Wir kommen später noch einmal wieder.«

»Okay«, meint Ben und gesellt sich zu den anderen Keksverkäufern. Inzwischen brummt das Geschäft.

Schneller, als Ben es für möglich gehalten hätte, ist der Tisch leer.

»Tut mir leid, das war die letzte Tüte!« Bedauernd blickt Ben den letzten Kunden an.

Die Sänger geben weiterhin ihr Bestes und stimmen zum Abschluss *Oh Tannenbaum* an. Am Ende der letzten Strophe stimmt

Frau Maarten ebenfalls ein. Sie singt jedoch einen viel lustigeren Text über eine Oma, einen Opa und einen Lehrer. Die Kinder und auch die Passanten, die stehen bleiben, können sich ein Grinsen nicht verkneifen.

»Baut ihr schon einmal ab?«, bittet Frau Maarten, als das Lied zu Ende ist. »Ich muss noch kurz etwas erledigen.«
Als sie zurückkommt, sind die Kinder fertig. Im Schlepptau hat sie den Bürgermeister. Er betreut die Aktion »Jedes Kind verdient Weihnachten«. Stolz überreicht Hannah ihm die volle Geldkassette im Namen der Klasse. Gerade rechtzeitig kommen auch die drei Damen zurück, um noch das dicke Lob des Bürgermeisters mitzubekommen. Als er fertig ist, tritt seine Mutter auf ihn zu und zieht ihn an sich. »Weißt du eigentlich, wie lieb ich dich habe?«

»TWINKIE!«, brüllt der Weihnachtsmann durch die Werkstatt. Als der kleine Elf kommt, rechnet er schon mit dem Schlimmsten.

»Kekse, ich habe unglaubliche Lust auf Plätzchen. Hol mir bitte welche!«, befiehlt ihm der Weihnachtsmann.

»Aber wir haben keine Kekse«, antwortet der Elf mit einer entschuldigenden Handbewegung.

»Na, dann back welche!«, donnert der Weihnachtsmann prompt. »Zimtsterne!«

Kopfschüttelnd dreht Twinkie sich um und rennt im Laufschritt in Richtung Küche.

»Lebkuchen. Ich will Lebkuchen. Nein, Marmeladenkekse! Hast du gehört? Oder warte. Lieber diese Haselnusskekse, nach Uromas Rezept ... Quatsch, mach einfach alle!«, ertönt es dumpf aus der Werkstatt.

Rezept

Vanillekipferl ohne Nüsse

Kein Weihnachten ohne Vanillekipferl! Dieses Rezept ist sehr einfach und verzichtet auf Nüsse, denn es gibt viele Menschen, die auf Nüsse allergisch reagieren. Viel Spaß beim Backen und Naschen!

Du brauchst für 2 große Portionen:

- ✭ 400 g Mehl
- ✭ 1 Ei Größe M
- ✭ 150 g Puderzucker
- ✭ 250 g Butter
- ✭ 1 Vanilleschote oder 2 Beutel Vanillezucker
- ✭ 1 Prise Salz

1. Mehl in eine Schüssel sieben, Butter in kleine Stücke schneiden und unters Mehl mengen.
2. Ei, Salz Puderzucker und das Mark der Vanilleschote oder den Vanillezucker zugeben und mit einem Handmixer den Teig kneten.
3. Den Teig ca. 2–3 Stunden im Kühlschrank kalt stellen.
4. Anschließend kleine Teigecken abschneiden, kleine Stangen in der Handfläche rollen und diese dann zu Hörnchen formen.
5. Die Hörnchen auf ein Backblech mit Backpapier legen.
6. 10 Minuten bei 160°C im Backofen backen.
7. Abkühlen lassen mit Puderzucker bestäuben.
8. Zeitspartipp: Teig zu einer 2–3 cm dicken Wurst rollen. Mit dem Rand eines Glases ein Stückchen abtrennen und zum Mond formen. Die nächsten Stücke sind direkt halbmondförmig.

18

Es ist Sonntag und Ben hat noch nichts geplant. Er schläft lange. Als er um 11 Uhr aufsteht, rumort seine Mutter schon in der Küche herum. Benni schleicht sich an und bleibt im Türrahmen stehen.

»Mama, was machst du da?«, fragt er sie nach einiger Zeit.

Erschrocken fährt sie zusammen.

»Apfelkuchen. Ich dachte mir, wir könnten heute Nachmittag gemütlich Kuchen essen«.

»Mhhhh, lecker«, antwortet Ben und reibt sich über seinen Bauch. »Machst du den mit Zimt und Mandeln?«

»Klar«, bestätigt sie mit einem Augenzwinkern.

Ben hüpft fröhlich pfeifend in sein Zimmer zurück. Mitten im Raum bleibt er erschrocken stehen. Twinkie wartet am Fenster.

»Brr, ist das kalt!«, beschwert er sich beim Reinhüpfen. Er kuschelt sich auf das warme Bett und klopft neben sich. Ben setzt sich zu ihm.

»Deinetwegen durfte ich gestern den ganzen Abend Plätzchen backen«, berichtet er mit gespielter Wut.

Ben geht gar nicht darauf ein.

»Ist das ein gutes Zeichen?«, löchert er den Elf. »Ich meine, gestern backen wir Kekse für einen guten Zweck. Und dann lässt dich der Weihnachtsmann backen!«

»Kann schon sein«, deutet Twinkie an. »Aber was genau der Weihnachtsmann denkt, weiß nur er. Ich würde sagen: weiter so!«

»Ben!«, ertönt die Stimme seiner Mutter aus der Küche.

»Ich komme!«, ruft Benni zurück. »Twinkie, da muss ich hin.«

»Schon gut, mein junger Freund. Ich muss sowieso wieder zurück sein, bevor der Weihnachtsmann seinen Spaziergang beendet hat. Wir sehen uns!«

Flugs schlüpft der Weihnachtself zum Fenster hinaus und Ben rast in die Küche.

»Warum hast du denn so lange gebraucht?«, wundert sich seine Mutter. »Ist aber auch egal. Ziehst du dich bitte an? Du musst mir einen Gefallen tun.«

»Okay!«

Benni flitzt in sein Zimmer. Als er zurück in der Küche ist, stellt seine Mutter den Kuchen gerade in den Backofen.

»Oh, das duftet aber herrlich«, verkündet Ben. »Das erste Stück gehört mir. Mit einer extra Portion Sahne.«

»Erst einmal muss er backen. Jetzt gehst du aber bitte zu deinen neuen Freundinnen. Ich wette, sie freuen sich genauso über Apfelkuchen.«

Verwirrt guckt er seine Mutter an.

»Bertha ...? Ilse ...?« Sie versucht, ihm auf die Sprünge zu helfen.

Ben schlägt sich mit der flachen Hand an den Kopf.

»Sag das doch gleich«, kichert er. Ohne eine Antwort abzuwarten, eilt er davon.

Zuerst rennt er ein Stockwerk nach oben. Laut klopft er an Ilses Tür. Kurz darauf hört er ihre schlürfenden Schritte.

»Hallo, Ilse. Meine Mutter lässt fragen, ob du zu Kaffee und Kuchen zu uns runterkommen willst.«

»Kuchen«, wiederholt sie und scheint zu überlegen.

»Jap, der beste Apfelkuchen der ganzen Stadt. Was sage ich da! Der Welt!«, schwärmt Ben. »Kommst du? Bertha ist auch eingeladen. Zu ihr will ich als Nächstes.«

»Ach, Bertha. Eine nette Person. Sag deiner Mutter, ich komm gleich schon runter. Vielleicht kann ich ihr noch etwas helfen.«

Ilse schließt die Tür und Ben rutscht am Geländer nach unten. Auf seiner Etage hält er an und öffnet die Tür.

»Ilse kommt gleich, falls du Hilfe brauchst! Ich lass die Tür auf!«

Zwei Stufen auf einmal springend gelangt er ins Erdgeschoss. Mit einem Lied auf den Lippen begibt er sich auf den Weg zum Altenheim.

Seine gute Laune wird gedämpft, als er Bertha nicht auf ihrem Zimmer antrifft. Der Raum ist leer und auf dem Bett befindet sich ein weißes Tuch. Ben stolpert aus dem Raum. Suchend schaut er sich im Gang um. Ein dicker Kloß breitet sich in seiner Kehle aus. Er versucht, ihn hinunterzuschlucken, aber es gelingt ihm nicht. Eine Schwester kommt auf ihn zu.

»Hallo Benni! Suchst du Bertha?«

Beklommen nickt er. »Ist sie …?«, sagt er, ehe ihm die Stimme versagt.

»Keine Sorge«, beruhigt sie ihn. »Bertha ist in einem anderen Zimmer. Komm, ich bring dich hin.«

Sie führt ihn durch das Heim und klopft an eine Zimmertür. Sie wartet eine Sekunde und steckt dann den Kopf rein.

»Besuch für Sie!«

Nun öffnet sie die Tür weiter und Ben erblickt seine Freundin. Ein riesiger Stein fällt ihm vom Herzen. Doch dann sieht er ihren Fuß.

»Halb so schlimm«, meint Bertha und lächelt, um die Situation aufzulockern. »Ich habe mich etwas ungeschickt angestellt.« Sie deutet belustigt auf den Gips. »Da bin ich doch glatt über meinen eigenen Gehwagen gestolpert.«

Als sie Bens weißes Gesicht sieht, winkt sie ab.

»In ein paar Wochen ist alles wieder verheilt. Ich habe schon Schlimmeres erlebt. Schwester Gitte hat mich vorsichtshalber mit Helga zusammen gelegt. Damit ich nicht immer klingeln muss.«

Erleichtert atmet Ben die angestaute Luft aus. Er hatte gar nicht bemerkt, dass er sie angehalten hatte.

»Eigentlich soll ich dich von Mama zum Apfelkuchen einladen«, stottert er noch immer verunsichert, »aber das hat sich wohl erledigt.« Enttäuscht schaut er zu Boden.

»Na, wieso denn das? Hast du keine Muckis?«, zieht ihn Bertha auf.

»Wie kommst du darauf?«, krächzt er verwirrt.

»Na, es gibt so was wie Rollstühle. Sofern du kräftig genug bist, komm ich gerne mit. Du musst nur im Schwesternzimmer Bescheid geben«, erwidert sie und kichert dabei wie ein junges Mädchen.

Beschwingt hüpft Ben zum Schwesternzimmer.

»Ich wollte Bertha mitnehmen. Kann ich mir einen Rollstuhl ausleihen?«, fragt er Schwester Gitte.

Wenige Minuten später ist Bertha dick eingepackt und Ben versucht, sie draußen zu schieben. Doch durch den Schnee ist es schwerer als gedacht.

»Mist«, flucht er vor sich hin. Mit aller Kraft wirft er sich gegen den Rollstuhl. Doch die Schneedecke stoppt ihn. Schwester Gitte kommt nach draußen geeilt.

»Tut mir leid, Ben. So kann ich Bertha nicht mitgehen lassen. Nachher kippt noch der Rollstuhl um, wenn du dich so dagegen wirfst.«

Niedergeschlagen lässt Benni die Schultern hängen. »Das möchte ich natürlich nicht«, lenkt er ein, obwohl ihn der Gedanke traurig macht.

»Am Besten bringst du das nächste Mal deine Eltern mit«, sagt sie und versucht ihn zu trösten. Sie schiebt Bertha zurück ins Altersheim. Ben folgt ihr bedröppelt, als ihm eine Idee kommt.

»Ich bin gleich wieder da«, ruft er und verschwindet augenblicklich nach draußen.

Zu Hause angekommen, stürmt er in die Küche. Dort sitzt seine Mutter mit Ilse bei einer Tasse Kaffee.

»Mama«, keucht er, »Bertha hat sich den Fuß gebrochen.«

Langsam kommt er wieder zu Luft.

»Sie darf mit, aber ich kann sie nicht schieben. Der Schnee ist zu hoch. Können wir den Kuchen im Altersheim essen?«

Seine Mutter und Ilse gucken sich an.

»Worauf warten wir noch?« Ilse steht auf. »Auf zu Bertha!«
Seine Mutter packt den Apfelkuchen kurzer Hand in ihren Einkaufskorb und alle drei machen sich auf den Weg.

Kurz darauf betreten sie Berthas Zimmer.
»Ach, wie nett«, freut sich die alte Dame. Schon hat jeder ein Stück Apfelkuchen auf dem Teller. Sogar Berthas neue Mitbewohnerin.
»Hmm, der Kuchen schmeckt aber lecker. Genauso wie bei meiner Mama«, schwelgt Bertha in Erinnerungen. »Sie hat ihn immer gebacken, wenn wir sonntags aus der Kirche kamen. Wir mussten damals im Winter bei Schnee und Eis früh im Dunkeln aufbrechen ins Nachbardorf. Da war die Kirche. Sieben Kilometer mussten wir laufen, hin und zurück. Und wenn wir durchgefroren heimkamen, gab es immer leckeren, warmen Apfelkuchen zum Nachtisch.«
Glücklich lehnt sich Ben in seinem Stuhl zurück. Er beobachtet, wie seine Mutter sich eifrig mit Bertha und Ilse unterhält. Die drei Frauen verstehen sich bestens. Das ist der letzte Gedanke, bevor Ben eindöst.

Der Weihnachtsmann sitzt entspannt in der Badewanne und spielt mit einem gelben Quietsche-Entchen. Nach diesem spannenden Nachmittag tut ihm das heiße Bad gut.

Was dieser Benni sich alles einfallen lässt. Ein unglaublicher Junge. Holt den Kuchen einfach zu Bertha, damit sie sich nicht ausgeschlossen fühlt. Das zufriedene Lächeln ist jedoch nur von kurzer Dauer. *Und warum macht er es? Damit Weihnachten nicht ausfällt!*

Wütend taucht der Weihnachtsmann seinen Kopf unter Wasser und vertreibt den gemeinen Gedanken.

Rezept

Cornflakeskekse

Zu viel Schokoladefiguren zum Nikolaus bekommen? Wie wäre es, wenn du die hohlen Weihnachtsmänner für etwas Leckeres nutzt? Lass dir von deinen Eltern helfen.

Zutaten:
- ✯ 1 Schokoladen-Weihnachtsmann
- ✯ 2 Esslöffel Rosinen
- ✯ 2–3 Tassen Cornflakes
- ✯ eine Prise Zimt

1. Weihnachtsmann im Wasserbad schmelzen, Zimt und die Rosinen hinzugeben.
2. Die Masse etwas abkühlen lassen und Cornflakes unterrühren.
3. Mit dem Löffel vorsichtig vermengen, mit einem Esslöffel kleinere Häufchen zum Trocknen auf Backpapier legen.
4. Mit ein paar Dekoaugen Gesichter auf die Kekse zaubern.
5. Tipp: Das Ganze funktioniert auch mit Mandelsplittern und einem Hauch Orangenaroma.

Am Montag steigt Ben ziemlich unausgeschlafen aus dem Bett und streckt seine müden Glieder. Gähnend schlurft er zum Badezimmer.

»Du siehst aber müde aus. Schlecht geschlafen?«, fragt ihn seine Mutter, als er ihr im Flur begegnet.

»Ja«, antwortet er zwischen zwei heftigen Gähnern. Um wach zu werden, spritzt er sich kaltes Wasser ins Gesicht. Das hilft. Munter und erfrischt erscheint er in der Küche. In Windeseile frühstückt er und verschwindet wieder in seinem Zimmer. Beladen mit zwei großen Tüten voller Kleidungsstücke erscheint er wenig später im Flur. Als er zur Tür hinaus will, fängt seine Mutter ihn ab.

»Wo willst du denn damit hin, junger Mann?« Mit ihrem Arm versperrt sie ihm den Durchgang.

»Wir haben heute in der Schule eine Spendenaktion geplant. Jeder kann dort seine aussortierten Kleidungsstücke abliefern«, erwidert Benni. »Das sind alles Sachen, die mir nicht mehr passen. Keine Sorge, sie sind alle sauber und nicht kaputt.«

»Wann hast du denn die Sachen zusammengesucht?«, fragt sie verwundert.

»Gestern Nacht noch …«, druckst Ben herum, »… ist ein bisschen spät geworden.«

Lange schaut sie ihren Sohn an. »Okay, wer bist du, und wo ist mein Benni?«, fragt sie mit lachender Stimme und schließt die Tür. »Warte kurz. Mein Schrank quillt über. Ich wette, da finde ich ein paar Sachen für eure Aktion.«

Damit untertreibt seine Mutter leicht. Als sie eine viertel Stunde später aus dem Schlafzimmer kommt, kratzt sie sich verlegen den Kopf.

»Nicht schlimm, wenn du nichts findest«, sagt Ben und winkt ab. »Ich hab genug abzugeben.«

»Wer behauptet denn, dass ich nichts habe«, feixt sie. »Eigentlich wollte ich dir anbieten, dass ich dich heute ausnahmsweise zum Unterricht fahre.«

Voll beladen mit fünf Tüten kommt Benni kurz darauf an der Schule an. Direkt auf dem Schulhof steht ein Sprinter vom Roten Kreuz. Zusammen mit seiner Mutter trägt er die überfüllten Taschen zum Abgabepunkt.

»Hier, bitte! Fünf Tüten!«, teilt er dem Mitarbeiter voller Stolz mit. Der nimmt ihm die Tragetaschen ab und Benni stellt sich neben das Auto. Er beobachtet, wie die Schüler ihre Tüten übergeben. Seine Mutter ist inzwischen zu Frau Maarten geschlendert.

»Hallo Frau Andresen! Sie können stolz sein wie Oscar auf Ihren Sohn. Was Ben sich diesen Monat einfallen lässt!« Sie sucht nach dem richtigen Wort. »Es ist schon eindrucksvoll. Da können wir Erwachsenen noch eine Menge lernen.«

Seine Mutter stimmt der Lehrerin zu.

»Ja, wenn ich nur wüsste, was ihn dazu bewegt.«

Überrascht schaut Frau Maarten sie an. »Hat Benni Ihnen nichts erzählt?«

Seine Mutter schüttelt den Kopf. »Wissen Sie etwa mehr?«

Wie auf Kommando kommt Benni aufgeregt angelaufen.

»Die Spendenaktion ist ein voller Erfolg. Guckt mal, das Auto ist schon voll bis oben hin.« Hektisch zeigt er auf das Auto, dass seine Türen schließt. »Sie fahren die gesammelten Spenden kurz weg, und kommen dann wieder«, erklärt er den beiden Frauen. »Schaut mal, wie viele Leute noch Sachen haben.«

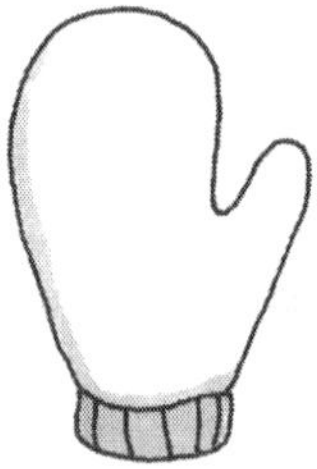

Nicht nur Schüler warten auf die Rückkehr. Benni entdeckt ebenfalls Eltern und Anwohner. Anscheinend spricht sich die Sammelaktion in der ganzen Stadt herum. Ben will schon wieder zurücklaufen, als er die Hand seiner Mutter auf der Schulter spürt.

»Benni – hast du mir etwas zu sagen? Zum Beispiel, warum du dich so verändert hast?«

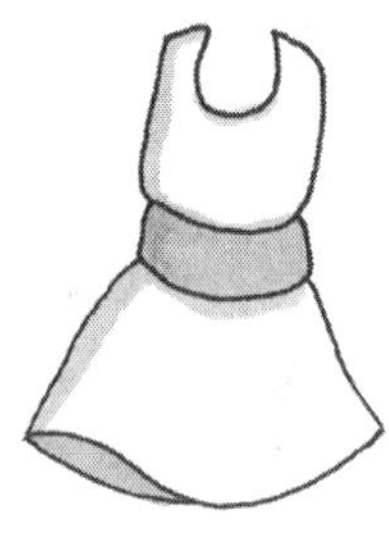

»Ähm, ich weiß nicht, was du meinst«, druckst er herum.

»Ich glaube schon. Oder vertraust du Frau Maarten mehr als mir?«

»Na gut, aber wehe du lachst mich aus«, erwidert Ben. In wenigen Sätzen erzählt er ihr von der Nachricht, dem Weihnachtsmann und Twinkie. »Und nun darf der Elf mir nicht mehr helfen«, berichtet er. »Entweder ich schaffe es, oder Weihnachten fällt aus. Deswegen strenge ich mich so an.« Bevor er noch mehr erzählen kann, kommt

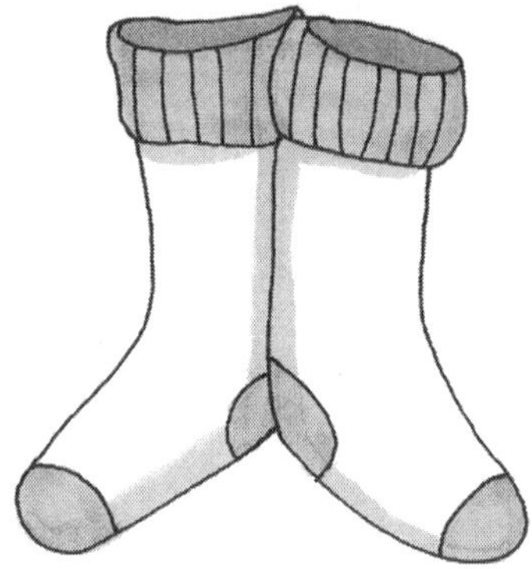

das Auto zurück und keine Sekunde später erscheint Hannah mit ihrer Spende auf dem Schulhof.

»Sorry, da kommt Hannah!«

»Der Weihnachtsmann streikt?« Ungläubig streicht sich Bens Mutter die Haare aus der Stirn.

»Ich kann es auch nicht glauben«, mischt sich die Lehrerin schmunzelnd ein. »Aber im Grunde ist es doch egal. Er bewirkt damit ein kleines Weihnachtswunder. Und darauf kommt es an.«

»Ja, das stimmt schon«, bekräftigt Bens Mutter.

Wenig später verabschiedet sie sich mit einem Kuss von ihrem Sohn. »Ich hab dich lieb. Glaub an dich und du schaffst alles«, bekräftigt sie ihn zum Abschluss.

Gegen Mittag ist die Schlange abgearbeitet und niemand möchte mehr Sachen abgeben. Die Schüler helfen beim Abbauen. Im Anschluss ruft der Direktor sie in die Aula. Dort wartet ein Buffet mit Cola, Kakao, Würstchen und Berlinern. Die Kinder stürzen sich darauf. Während die Schüler sich stärken, tritt der Schulleiter auf die kleine Bühne.

»Darf ich kurz um eure Aufmerksamkeit bitten?« Der Direktor räuspert sich und wartet, bis Ruhe einkehrt. »Ich möchte mich bei euch bedanken. Ihr ward heute alle sehr fleißig. Das Rote Kreuz und auch wir vom Lehrerkollegium sind überrascht, wie erfolgreich diese Sammelaktion ausgegangen ist.« Er pausiert einen Augenblick. »Damit ihr wisst, wie es weitergeht. Die Sachen werden alle gewaschen, sortiert und an bedürftige Familien verteilt. Falls ihr also jemanden mit einer Spende seht, nicht wundern«, scherzt er. »Und jetzt lasst euch das Essen weiterhin schmecken. Mein Beitrag zu diesem Erfolg!«

Der Weihnachtsmann sitzt an seinem Schreibtisch und hakt die Urlaubsliste ab. Strümpfe. Ja. Hawaii-Hemd. Ja. Badehose. Laut ruft er nach seiner Frau.

»Hast du meine Badehose gesehen? Ich brauche sie unbedingt für den Urlaub«, brummelt er in ihre Richtung.

»Willst du immer noch Weihnachten ausfallen lassen?«, fängt sie an. »Schau, dieser Junge gibt sich doch große Mühe.«

»Trägst du die Geschenke aus?«, grunzt er wütend.

»Ich suche sie dir«, antwortet sie resigniert.

»Gut, gut«, murrt er vor sich hin, ehe sich der Weihnachtsmann wieder der Liste widmet.

Rezept

Sahnebonbons

Die Leckerschmecker-Bonbons könnten auch Milchzähne lockern. Nach dem Naschen Zähneputzen nicht vergessen!

Du brauchst:

- ★ 250 ml Sahne
- ★ 25 g Butter
- ★ 150 g brauner Zucker
- ★ 1 Messerspitze Zimt
- ★ Sonnenblumenöl oder Rapsöl (Mit Olivenöl schmecken die Bonbons nicht.)

1. Backblech mit Alufolie auslegen, Folie unbedingt mit einer kleinen Schicht Öl bestreichen.
2. Sahne erwärmen, Zucker hineingeben und rühren, bis er sich aufgelöst hat.
3. Zimt und die Butter hinzugeben. Nicht aufhören zu rühren!
4. Wenn die Masse zähflüssig ist, auf das Backblech gießen.
5. Über Nacht abkühlen lassen, dann in mundgerechte Stücke schneiden.
6. Guten Appetit!

Weihnachten rückt immer näher. Nicht nur Ben hat sich verändert. Auch seine Klassenkameraden hat er mit seiner Hilfsbereitschaft angesteckt. In der Schule setzen sie sich in der Pause zusammen.

»Hast du für heute auch etwas geplant?«, fragt Michael.

»Bis jetzt ist mir nichts eingefallen«, gesteht Ben. »Aber ich bin offen für Ideen.« Fragend schaut er in die Runde.

Zaghaft hebt Kathi die Hand.

»Wir sind nicht im Unterricht«, erinnert Hannah sie lachend.

Kathi sagt leise: »Wir haben so viel Gutes getan. Alleine, wie viele Leute gestern Kleidungsstücke gespendet haben. Das war wirklich beeindruckend. Aber hast du mal an Tiere gedacht?«

»Wie meinst du das?«, fragt Ben nach.

»Warst du schon einmal im Tierheim? Einige werden Weihnachten in neue Familien vermittelt. Es gibt aber viele Haustiere, die kein neues zu Hause finden. Findet ihr nicht, dass diese auch einen schönen Tag verdient haben?«

»Du hast recht«, unterstützt Hannah sie mit einem Mal. Übermütig springt sie auf. »Wir sollten heute dem Tierheim einen Besuch abstatten.«

Zurück in der Klasse versuchen Ben, Hannah und Kathi weitere Mitschüler zu begeistern.

»Wir können mit den Hunden spielen oder spazieren gehen, wenn ein Erwachsener mitkommt«, versuchen sie, die Mädchen der Klasse zu locken.

So macht sich eine kleine Truppe zusammen mit einigen Eltern am Nachmittag auf den Weg zum Tierheim. Unterwegs schließen sich immer mehr Kinder und Eltern an. Nicht nur aus Bens Klasse, sondern auch aus anderen. Vor dem Supermarkt bleibt Ben stehen und bittet die Gruppe, kurz zu warten. Er hat eine Idee und seine Mutter sagt immer: Wer nicht wagt, der nicht gewinnt.

Mit klopfendem Herzen geht er zu einer freien Kasse und fragt nach dem Chef. Die Kassiererin deutet auf eine gut versteckte Tür. Ben klopft zurückhaltend an. Kurz darauf wird die Tür geöffnet und sorgt für eine Überraschung. Vor ihm steht der Unbekannte mit dem Geld.

»Entschuldigung«, nuschelt er, während sein Herz anfängt zu rasen. »Wir sind auf dem Weg zum Tierheim. Und ich wollte fragen, ob sie vielleicht etwas Futter spenden möchten.«

»Spenden? Wir sind ein Supermarkt. Wir verkaufen Sachen«, antwortet er unwirsch. »Aber es ist Weihnachten und die Tiere verdienen doch auch ein schönes Fest! «, erklärt Ben im zweiten Anlauf.

»Dann ist da hinten das Tierfutter und dort die Kasse«, erklärt der Leiter und drängt sich an Benni vorbei.

Zielstrebig geht er zu einer Kassiererin und redet auf sie ein. Ben verlässt mit hängenden Schultern das Geschäft.

»Du hast es versucht«, muntert Hannah ihn auf, nachdem er den anderen von seiner Abfuhr erzählt hat.

Kurz darauf kommen sie am Tierheim an. Kathi redet mit einer ehrenamtlichen Mitarbeiterin, die sie kennt.

»Na dann, kommt rein. Helfer sind immer gern gesehen. Kathi besucht uns schon länger regelmäßig. Sie wird euch hier alles zeigen und erklären.«

Die Kinder und Eltern teilen sich auf. Einige helfen der Frau bei der Reinigung der Käfige. Andere verteilen das Futter. Hannah, ihre Mutter und Ben haben sich für einen Jack Russell entschieden. Er ist auf einem Auge blind und sehr zutraulich. Mit ihm dürfen die drei eine Runde im Wald spazieren gehen. Nach einem langen Spaziergang kehren sie fröhlich zurück.

»Siehst du«, sagt Hannah, »eine super Idee.«

»Da hast du recht. Das war mit Abstand die beste Idee. Nur schade, dass Kathi darauf gekommen ist.«, ärgert Ben seine Freundin. Schnell duckt er sich weg, um Hannahs Boxhieb nicht abzubekommen. In diesem Augenblick fährt ein Auto auf den Hof. Aus dem Augenwinkel sieht Ben, wie ein Mann das Gebäude betritt. Die Mitarbeiterin hat ihn ebenfalls gesehen und folgt ihm. Nach einer Minute kommt sie mit einem strahlendem Gesicht zurück, während der Mann zum Auto läuft.

»Können mir zwei starke Jungs helfen? Du vielleicht Ben?«, bittet sie.

Ben nickt und Michael meldet sich freiwillig. Sie folgen der Mitarbeiterin zu der Stelle, wo das Auto parkt »Das ist doch der Leiter vom Supermarkt«, entfährt es Ben, als er den Mann neben dem Auto stehen sieht. Perplex hält er an.

»Ah, da bist du ja.« Der Supermarktleiter kommt auf ihn zu. »Weihnachten, da kann ich mich doch nicht quer stellen. Vor allen Dingen nicht, wo du so ehrlich zu mir warst«, erklärt er ihm zwinkernd. »Du dachtest doch nicht etwa, dass ich mich an einen solchen Jungen nicht mehr erinnere?« Er wuschelt ihm durch das Haar. »Du hast vorhin nur einen ungünstigen Moment erwischt. Vor Weihnachten häufen sich die Ladendiebstähle und zu dem Zeitpunkt hatte ich einen entdeckt.« Der Mann geht zu seinem Wagen und öffnet den Kofferraum. Zum Vorschein kommen über hundert Dosen Tierfutter und zahlreiche Beutel mit Trockennahrung. Außerdem Spielzeug für die Tiere.

»Helft ihr mit beim Tragen?«

Eifrig nicken die Jungs. »Vielen Dank«, bringt Benni völlig verblüfft hervor.

»Dafür nicht. Im Übrigen stelle ich eine Sammelbox bei mir im Supermarkt auf. Da können Tierliebhaber Futter spenden. Schließlich sind hier das ganze Jahr Tiere und nicht nur Weihnachten.«

Nach 20 Minuten ist das Auto entladen und der Leiter des Supermarktes fährt vom Hof. Die Kinder und die Eltern verabschieden sich ebenfalls nach und nach. Als Ben nach Hause will, hält ihn die Mitarbeiterin zurück.

»Ich wollte mich bei dir bedanken. Kathi hat mir erzählt, dass du alle anspornst, etwas Gutes zu tun. Dich scheint ein Engel zu schicken.«

»Nein, der Weihnachtsmann«, wirft Ben in den Raum.

»Wenn es okay ist, komme ich gerne öfters mit meiner Mutter, um mit den Hunden spazieren zu gehen. «

Hannah bietet sich ebenfalls an. »Oder, Mama? Das war doch echt cool. Und sagst du nicht immer, ein Spaziergang im Wald ist gesund?«

»Als wenn ich jetzt noch Nein sagen könnte«, antwortet die Mutter und zuckt hilflos mit den Schultern.

»Damit habe ich ein Dutzend neuer Helfer! « Ungläubig schüttelt die Mitarbeiterin den Kopf.

»TWINKIE!!!«, ruft der Weihnachtsmann. Seine Stimme duldet keinen Aufschub. »Ja, Chef?«, ertönt es wenige Sekunden später. »Dieser Benni hat doch genügend Tierfutter gesammelt. Meinst du, da war Rentierfutter dabei? Dann können wir Rudolph und die anderen an Weihnachten dort abgeben. Ich habe gehört, Tierheime nehmen Tiere auch in Pflege.«

»Aber«, wirft Twinkie ein, »wir brauchen die Tiere doch für die Weihnachtstour.«

»Weihnachten? Rede ich Chinesisch? DAS FEST FÄLLT AUS!!!!«

Bastel-
tipp

Rentierblumentöpfe

Witzige weihnachtliche Blumentöpfe kannst du leicht selber machen.

Du brauchst:
- ✯ 1 Blumentopf
- ✯ braune Acrylfarbe
- ✯ rote Bommel oder ein Wattebäuschen (rot einfärben) als Nase
- ✯ zwei Wackelaugen aus dem Bastelgeschäft
- ✯ braunen Tonkarton
- ✯ Schere
- ✯ Bastelkleber

1. Auf den Tonkarton zwei Geweihschaufeln zeichnen und ausschneiden.
   Die Geweihe müssen groß genug sein, damit sie später hinter der Blume zu sehen sind.
2. Blumentopf braun anmalen und trocknen lassen.
3. Augen und Nase aufkleben.
4. Geweih am hinteren Rand festkleben.
5. Pflanze in den Topf stellen.
6. Andere Idee: Blumentopf-Weihnachtsmann: Blumentopf rot anmalen, aus weißem Tonkarton Gürtel schneiden und festkleben und weiße Watte am Rand festkleben.

21

Für den letzten Schultag hat sich die ganze Schule etwas Besonderes einfallen lassen. Wie immer am letzten Tag vor den Ferien ist kein Unterricht mehr. Normalerweise werden in den ersten beiden Stunden die Klassenräume aufgeräumt. Danach frühstücken alle Klassen gemeinsam in der Aula. Doch in diesem Jahr fällt die Tradition aus. Stattdessen marschieren alle in Zweierreihen zum Altersheim.

Ben ist nicht ganz so gut gelaunt wie die anderen Kinder. Am Morgen hat ihn Twinkie besucht. Nur kurz, um ihm zu sagen, dass der Weihnachtsmann plant, die Rentiere über Weihnachten ins Tierheim zu bringen. Jetzt ist Ben unglaublich traurig. Nicht nur, weil ihm die Ideen ausgehen, wie er Heiligabend retten kann. Vor allen Dingen ist er vom Weihnachtsmann enttäuscht. *Einfach seine Tiere abzugeben, nur um in den Urlaub zu fliegen. Das machen herzlose Familien, aber doch nicht der Weihnachtsmann!*

Die Ankunft beim Altenheim reißt ihn aus seinen trübsinnigen Gedanken. Die Bewohner erwarten die Schüler schon. Einige gehen sofort auf die Kinder zu, die ihnen das Bild geschenkt haben. Andere warten darauf, dass jemand zu ihnen kommt. Wie gute Freunde setzen sich kleinere Gruppen zusammen und spielen *Mau Mau* oder *Mensch ärgere dich nicht*. Andere Kinder sammeln sich um einen Bewohner und lauschen seinen abenteuerlichen Geschichten. Schon nach kurzer Zeit ist niemand mehr alleine.

Ben sucht den Raum nach Bertha ab, kann sie aber nicht entdecken. Augenblicklich klopft sein Herz bis zum Hals. So doll, dass

Ben Angst bekommt, es könnte zerspringen.»Du, Hannah, ich kann Bertha nicht sehen. Hoffentlich ist ihr nichts passiert, sie hat sich den Fuß gebrochen.«

»Du Angsthase«, neckt sie ihn, »da ist sie doch.« Sie deutet auf eine kleine Gestalt, die gerade mit dem Rollstuhl hineingeschoben wird.

»Bertha!«, ruft Benni froh. Er stürmt auf sie zu und drückt sie fest an sich.

»Na, na, noch ein bisschen mehr und du brichst mir die Rippen«, witzelt sie.

Nach einiger Zeit verschwindet eine kleine Gruppe mit der Heimleitung. Sie haben eine Überraschung geplant. Hannah und Ben sind mit von der Partie. Etwas enttäuscht blickt Bertha den beiden hinterher.

Eine halbe Stunde später stellt sich Frau Sakowski, die Heimleiterin, auf einen Stuhl und ruft: »Dreht euch doch bitte alle mal um in Richtung Trennwand!«

Nikolas und Laura schieben die Wand zur Seite und es erscheint eine Bühne. Sofort ist klar, dass die Gruppe die Weihnachtsgeschichte aufführen wird. Es wird still im Saal und alle Bewohner schauen gespannt auf die Kinder. Frau Maarten hat eine CD eingelegt, auf der die Geschichte von der Geburt Christi erzählt wird. Die Kinder spielen die Erzählung als Pantomime. Viel Zeit zum Üben hatten sie nicht, aber trotzdem klappt alles ganz gut. Als sie fertig sind, stellen sie sich zusammen auf. Noch immer ist es still im Saal, doch dann bricht ein tobender Applaus los. Schon lange haben die Bewohner keine solche Aufführung mehr sehen können. Viele kommen nicht mehr ins Theater oder in die Kirche. Man sieht viele strahlende Augen.

Alle haben so viel Spaß, dass viele Schüler bis zum Mittagessen bleiben, obwohl sie schon lange in die Ferien hätten gehen können.

»Darf ich um eure Aufmerksamkeit bitten!«, ruft Frau Sakowski, die wieder auf ihrem Stuhl steht. Sie klatscht in die Hände. »Erst einmal möchte ich mich bei allen Kindern für diese wunderbare Auf-

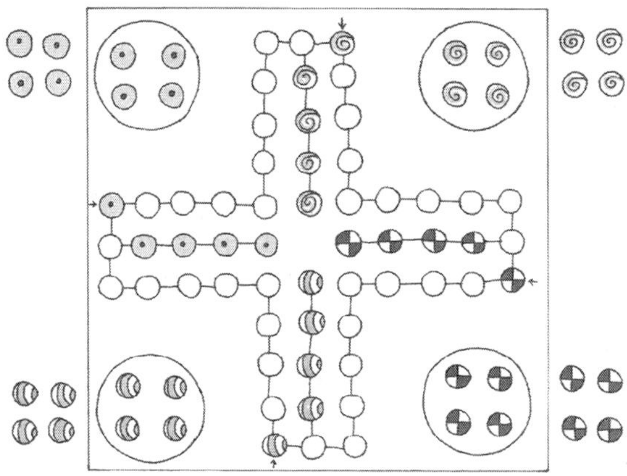

führung bedanken. Ich denke, ich spreche für alle Bewohner, wenn ich sage: Ihr Kinder habt unser Heim heute mit Lachen erfüllt. Dafür möchte ich euch im Namen der Bewohner und der Heimküche zum Essen einladen. Die einzige Bedingung ist, dass ihr euren Eltern Bescheid gebt.«

Innerhalb weniger Sekunden bricht ein Tumult aus. Handys werden aus den Taschen gezogen, andere fragen Frau Sakowski, ob sie mal telefonieren könnten. Jeder möchte bleiben, um noch mehr von den aufregenden Geschichten zu hören, für die es sonst keine Zuhörer gibt. Ben bekommt das Gefühl, als wären alle eine große, glückliche Familie.

»Was für eine Fügung, dass wir uns vor einer Woche begegnet sind, junger Mann«, reißt Bertha ihn aus seinen Gedanken. »Meinst du, der Weihnachtsmann freut sich über all diese Sachen?«

Ben deutet vage in die Luft.

»Wenn der Weihnachtsmann durch dich und deine Freunde nicht umgestimmt werden kann, dann habe ich mich in ihm getäuscht. So herzlos ist nur jemand, der kein Herz, sondern an dieser Stelle einen Stein hat.«

Ben räuspert sich. »Du, Bertha. Ich wollte dich etwas fragen. Weihnachten feierst du doch alleine im Heim. Ich meine, du hast mir erzählt, dass du keine Familie hast, die sich um dich kümmert.«

»Ja, aber das ist nicht schlimm. Ich habe hier Freunde und das Essen ist lecker. Mach dir bitte keine Gedanken. Ich ...«

Ben unterbricht sie. »Tut mir leid, wenn ich dich jetzt nicht frage, dann vergesse ich es wieder. Mama möchte wissen, ob du nicht Heiligabend mit uns verbringen willst. Sie findet dich super nett. Sie hat mir erzählt, wie lange ihr euch unterhalten habt. Es wäre absolut mega cool.«

Die alte Dame kann sich das Lächeln nicht verkneifen.

»Wenn du mich so lieb fragst, dann feiere ich gerne mit euch, Benni.« Ihre Augen glänzen wie kleine Sterne. »Habt ihr die Ilse auch eingeladen«? Vor Aufregung überschlägt sich ihre Stimme.

»Nein, aber das ist eine super Idee. Ich frage meine Mutter, wenn ich zurück bin. Sie hat sicherlich nichts dagegen und dann feiern wir alle zusammen.« Vor lauter Vorfreude rutscht Ben auf seinem Stuhl hin und her.

»Gibt es etwas, was du besonders gerne isst?«, erkundigt er sich. »Meine Mama kann alles kochen. Sie ist die beste Köchin der Welt.«

»Bloß keine Mühe wegen mir. Ich bin pflegeleicht«, teilt ihm Bertha mit und versucht ihn zu bremsen.

Bis zum Abendessen bleibt Ben bei ihr. Dann muss auch er langsam nach Hause. In der Wohnung angekommen, rast er in die Küche. Seine Mutter steht am Herd und rührt in einem Topf. Ben wirft einen Blick hinein. Spaghetti Bolognese.

»Mama, Bertha kommt. Und sie isst alles.« Er ist so aufgeregt, dass er ganz durcheinander kommt. »Können wir Bertha, ich meine Ilse ... Können wir Ilse einladen? Bitte, Mama!«

Das Lachen seiner Mutter irritiert ihn.

»Mama, bitte. Ilse hat ebenfalls niemanden und sie ist doch so oft hier.«

»Ben, sie ist doch schon lange eingeladen!«.

Er stürzt sich auf sie und drückt sie, so fest er kann. »Du bist die tollste Mama der Welt!«

»Liebling ...«, der Weihnachtsmann hat sich an seine Frau herangeschlichen. Weiterhin koordiniert sie die Weihnachtselfen in der Hoffnung, dass ihr Mann seine Meinung ändert. »Habe ich ein Herz aus Stein?«, platzt es aus ihm heraus.

»Wie kommst du denn darauf, Grummelbert. Hat dich etwa Bertha mit ihren Worten berührt?«

»Quatsch!«, lügt er »Wer ist überhaupt diese Bertha? Ich wollte es nur so wissen.«

Die Weihnachtsfrau nimmt ihn zur Seite und schaut ihn ernst an: »Lässt du Weihnachten ausfallen?«

»Aber natürlich. Ein Weihnachtsmann steht zu seinem Wort«, bestätigt er inbrünstig und fährt sich durch den Bart.

»Ja, mein Lieber, dann hast du ein Herz aus Stein.«

Sie dreht sich um und lässt ihren Mann stehen.

Bastel-tipp

Handabdruck-Weihnachtsbaum

Macht Spaß, sieht lustig aus und deine Eltern freuen sich sicherlich über ein solches Geschenk.

Du brauchst:
* Fingerfarbe in grün, braun und gelb
* Pinsel
* 1 Leinwand (ca. 40x40cm)

1. Hände mit grüner Farbe bemalen. Oder: Teller mit Frischhaltefolie auslegen, Farbe darauf kippen.
2. Mit den Händen die Farbe auf die Leinwand drucken: ganz oben drei Abdrücke, darunter zwei Abdrücke und ganz unten ein Abdruck.
3. Finger dabei auseinanderspreizen für die Zweige (wie auf dem Bild).
4. Bild umdrehen: Der Tannenbaum ist fertig.
5. Unten in die mittlere Hand mit dem Pinsel einen braunen Baumstamm malen. Und oben auf die Spitze einen gelben Stern.
6. Kugeln in verschiedenen Farben mit den Fingerkuppen aufdrucken.
7. Tipp: Probiere das Drucken erst auf einem Blatt Papier aus.

»Twinkie!« Ben ruft mehrmals nach seinem Elfenfreund. Als er aufgibt, erscheint der Elf wie aus dem Nichts am Fenster. »Hallo Ben, entschuldige bitte, ich konnte nicht gleich weg. Erst musste der Weihnachtsmann beschäftigt sein, damit er nichts merkt.« Fröhlich lässt sich Twinkie aufs weiche Kissen fallen. »Dein warmes Bett wird mir fehlen, wenn ich nicht mehr kommen muss.«

»Heißt das, der Weihnachtsmann hat es sich überlegt?«, löchert Ben seinen Freund. »Leider nein. Wir hoffen es. Aber bis jetzt sieht es verdammt schlecht aus. Zwar ist es euch gelungen, dass der Weihnachtsmann sich gefragt hat, ob er ein Herz aus Stein hat, ...«, verpetzt der Elf seinen Chef und wird direkt von Ben unterbrochen.

»Geschieht ihm recht«, schimpft Ben. »Wer nach all unseren guten Taten Weihnachten ausfallen lässt, der hat doch wirklich kein Herz.«

»Recht hast du«, stimmt Twinkie ihm zu. »Wir alle drücken euch die Daumen, dass ihr ihn doch noch knackt. Der Weihnachtsmann ist eine verdammt harte Nuss.« Der Elf schaut auf seine Uhr »Mist, ich muss zurück. Gleich ist Elfenversammlung und da ist Anwesenheitspflicht. Auf Wiedersehen, Benni. Vielleicht sehen wir uns ja im nächsten Jahr wieder.« Traurig sieht Ben dem Elfen hinterher.

»Tschüss Twinkie«, flüstert er, als dieser schon nicht mehr zu sehen ist.

Ben beschließt, den ersten Ferientag für die Weihnachtsgeschenke zu nutzen. Auch wenn Ben alles dafür tut, das der Weihnachtsmann seine Arbeit wieder aufnimmt, gibt es eine Tradition, die sein Vater einführte, als Ben 4 Jahre alt war. Damals besorgten er und sein Vater zusammen einen Weihnachtsbaum. Auf dem Rückweg hielt sein Vater beim Juwelier und kaufte eine funkelnde Kette. »Für Mama«, erklärte sein Vater, »weil ich sie so liebhabe.« »Und warum bringt die nicht der Weihnachtsmann?«, fragte Ben. »Weil Mama sich die nicht gewünscht hat. Es ist eine Überraschung für sie. Nix verraten! Das ist unser Geheimnis!« Und er blinzelte Ben verschwörerisch zu.

Inzwischen macht Ben es genauso wie sein Vater und sucht für alle Menschen, die er gern hat, ein kleines Geschenk aus. Für seine Mutter möchte er einen Restaurantgutschein kaufen. Einmal im Jahr soll sie sich verwöhnen lassen. Zusammen mit Bertha setzt er sich im Altenheim an den Computer im Tagesraum und informiert sich. Im ersten Moment fühlt er sich vollkommen erschlagen. Sogar Bertha ist überrascht, wie viele Restaurants es gibt.

»Zu meiner Zeit gab es höchstens zwei Restaurants«, erzählte sie. »Die Bauernstube hat vor 25 Jahren geschlossen und das andere ... wie war noch der Name ... Ach, ja Zum Wildbach. Da war ich einmal und kann dir nur sagen, es schmeckte grauenvoll.«

»Dafür gibt es heute Bewertungsportale«, klärt Ben sie auf. »Dort schreiben Gäste, wie sie das Lokal fanden. So kann man sich schon mal ein Bild machen. Mama nutzt das immer.«

»Was es nicht alles gibt«, meint Bertha und schüttelt den Kopf.

20 Minuten später sind sie sich einig. »Ich glaube, das Dorfstüble ist wirklich eine gute Wahl«, sagt Bertha und Ben nickt.

»Und es hat schon geöffnet. Danke, Bertha«, stellt Ben mit einem Blick auf die Homepage fest. Zum Abschied drückt er Bertha.

Mit dem Fahrrad macht sich Ben auf den Weg zur Bank. Vom Sparbuch holt er genügend Geld für alle Geschenke. Dann fährt er zum Restaurant und tritt ein.

Eine junge Kellnerin kommt auf ihn zu. »Kann ich dir helfen?«

»Ja, hallo, guten Tag ... ich hätte gerne einen Gutschein für meine Mutter zu Weihnachten.« Er ist ein bisschen nervös.

»Über welchen Betrag?«

Unsicher lässt Ben den Blick durch den Raum schweifen. Daran hat er gar nicht gedacht.

»Ähm, es sollte für zwei Essen und zwei Getränke reichen«, entgegnet er schüchtern. Die Kellnerin überlegt einen Augenblick und nennt Benni eine Summe.

»Ja, das klingt gut.« Er bezahlt, die Kellnerin gibt ihm eine hübsche Karte mit dem Gutschein und Ben bedankt sich.

Beim Rausgehen winkt er ihr fröhlich zu und ruft: »Auf Wiedersehen!«

Als Nächstes benötigt Ben für Bertha, Ilse und Hannah ein kleines Geschenk. Im Kaufhaus schaut er sich lange um. Es soll etwas Besonderes sein. Schließlich kauft er für Hannah eine Federtasche mit einem Einhorn drauf. *Das gefällt ihr bestimmt*, denkt er. Bertha bekommt einen eleganten Füllfederhalter mit altmodischem Tintenfass. Er weiß, dass sie viele Brieffreunde hat und gerne schreibt. Für Ilse hat er Kopfhörer gefunden. *So kann sie ungestört ihre Lieblingssendung sehen, und ich kann im Sommer im Hof toben,* überlegt er.

In Gedanken versunken verlässt er das Kaufhaus und achtet nicht auf die anderen Fußgänger. Prompt stößt er mit einem Mann zusammen. Als er den Mund zu einer Entschuldigung öffnet, erkennt er das kleine Mädchen an seiner Hand.

»Lilly! Hallo, wie geht es dir? Hast du mein Buch bekommen?«

Lilly freut sich, ihn zu sehen.

»Papa, das ist der Junge«, piepst sie nervös.

»Das ist der Junge?« Lillys Vater deutet auf Ben.

Lilly nickt kaum merklich. »Vielen Dank für deine Geschichte in der Bücherei und vor allen Dingen für das Buch,« sagt er und reicht Ben seine Hand.»Du hast meiner Tochter eine riesige Freude bereitet und ihr geholfen. Du ahnst nicht, wie traurig Lilly in den letzten Wochen war.« Herzlich drückt er Bens Hand.

»Ach, das habe ich doch gerne gemacht. Ich weiß, wie man sich fühlt, wenn ein Elternteil stirbt.«

»Das Buch, was bekommst du dafür?«, fällt dem Vater ein.

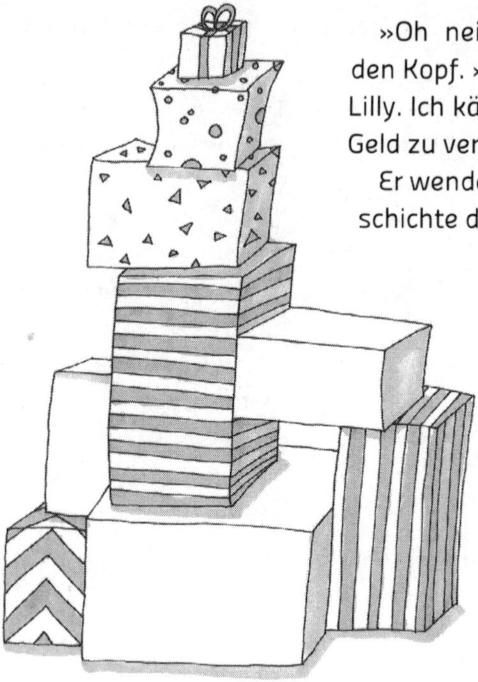

»Oh nein!« Ben schüttelt energisch den Kopf. »Das Buch ist ein Geschenk für Lilly. Ich käme niemals auf die Idee, dafür Geld zu verlangen.«

Er wendet sich an Lilly. »Hat dir die Geschichte denn gefallen?«

»Ich liebe das Buch. Papa liest mir jeden Abend daraus vor«, erzählt sie und strahlt dabei über das ganze Gesicht. »Und ich glaube, Mama hört auch zu.«

Sie löst sich von ihrem Vater und geht auf Ben zu. Unsicher schlingt sie ihre kleinen Ärmchen um Ben und drückt ihn. »Ich hab dich lieb.«

Gerührt erwidert Ben die Umarmung.

»Na dann«, sagt der Vater, »ich wünsche dir und deiner Familie ein frohes Fest.«

Er greift nach der Hand seiner Tochter und beide gehen ins Geschäft.

Einen Augenblick wartet Ben, dann rennt er hinterher.

»Haben Sie an Weihnachten schon etwas vor?«, fragt er Lillys Vater japsend.

»Nein, wieso fragst du?«

»Gut. Das ist gut. 14 Uhr in der Schillerstraße 35. Bei Andresen klingeln!«

»Aber wir können doch unmöglich ... Das geht doch nicht«, erwidert Lillys Vater.

»Papi, ich würde aber wirklich gerne ...«, mischt sich das kleine Mädchen ein.

»Hören Sie ruhig auf Lilly. Ein Nein akzeptiere ich sowieso nicht. Meine Mutter freut sich ganz bestimmt. Ich hab ihr schon von Lilly erzählt«, flunkert Ben. »Bis dann.«

Ehe der Vater das Angebot ablehnen kann, verschwindet Benni zwischen den vielen Menschen, die mit ihm im Kaufhaus sind. Er hört aber noch, wie Lilly ruft: »Papi hat ja gesagt. Wir sind pünktlich.«

Zielstrebig geht er in eine bestimmte Abteilung. Dort kauft er für Lilly eine kleine Überraschung. Zum Glück reicht sein Geld dafür aus.

Die Versammlung ist beendet und der Weihnachtsmann scheucht die Elfen und seine Frau umher. Vor dem Urlaub muss noch jede Menge geplant und organisiert werden. Er selbst sitzt zurückgelehnt in seinem Sessel und beobachtet, wie die anderen seine Befehle umsetzen. Wenn sie sich beeilen, wird der Urlaub ein riesiger Erfolg werden. Da ist sich der Weihnachtsmann absolut sicher.

Bastel-
tipp

Weihnachtsklammern

Ob für Geschenke, den Tannenbaum oder die Wäsche. Nutzen kann man die Klammern für alles.

Du brauchst:
- ★ Wäscheklammern aus Holz
- ★ Acrylfarbe
- ★ Pinsel

1. Wäscheklammern in einer Grundfarbe bemalen (rot, weiß, braun, blau).
2. Für Gesichter das obere Drittel frei lassen.
3. Wenn die Klammern trocken sind, Figuren aufmalen. z. B.
   Weihnachtsmann: Bart, Augen, Gürtel, Schuhe.
   Schneemann: schwarzer Hut, Kohlegesicht, bunter Schal, schwarze Punkte als Knöpfe.
   Nussknacker: Uniform, Gürtel, Hut)

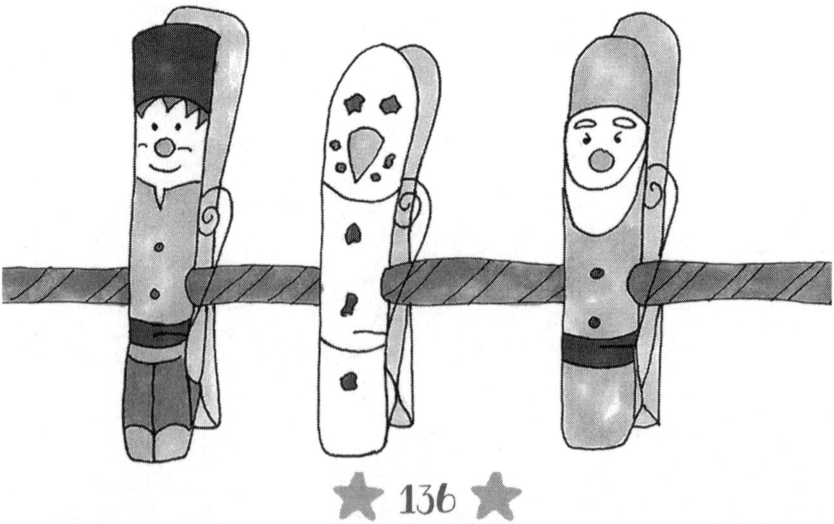

Noch ein Tag bis Heiligabend. Trotzdem hat Ben heute lange geschlafen. Er versucht, den Gedanken an den Weihnachtsmann zu verdrängen. Stattdessen fährt er mit seiner Mutter in die Stadt. Auf dem Weihnachtsmarkt angekommen, laufen sie zielstrebig zu den Weihnachtsbäumen. Viel Auswahl gibt es nicht mehr. Nur noch ein paar vereinzelte Exemplare warten auf ihren Einsatz. Die meisten Tannenbäume stehen schon geschmückt in anderen Wohnungen.

»Na, mein Schatz, gefällt dir einer?« Seine Mutter läuft zusammen mit ihm durch die kargen Reihen. Da fällt Bens Blick auf einen kleinen Tannenbaum. Er ist nicht perfekt geschwungen. Die Spitze ist etwas schief, aber Ben hat sich verliebt.

»Mama, den möchte ich.« Er zeigt auf den Baum. Zum Glück versteht seine Mutter, warum es unbedingt dieses Exemplar sein soll.

»Einverstanden!«

Sie bezahlt und der Händler hüllt ihn in ein Netz. Gemeinsam tragen sie den Baum nach Hause. Ben rennt sofort in den Keller und holt den ganzen Weihnachtsschmuck nach oben. Danach schaltet er den CD-Player an und legt eine CD mit Weihnachtsliedern ein. Sobald die Musik ertönt, singen Ben und seine Mutter mit. Total schief, aber sie haben ihren Spaß. Der Baum beansprucht die ganze Aufmerksamkeit der Zwei. Lametta, LED-Lichterketten und zahlreiche Christbaumkugeln finden ihren Platz.

»Mama, können wir ein paar Plätzchen für den Baum backen?«, fragt Ben seine Mutter, als sie fertig sind.

»Hmm, ich habe eine bessere Idee.«

In der Küche holt sie ein paar Zutaten heraus und bereitet einen Teig zu. Ben stibitzt sich etwas davon und verzieht sofort das Gesicht.

»Mama, du hast Salz und Zucker verwechselt. Das schmeckt widerlich.«

Seine Mutter bricht in ein herzhaftes Lachen aus.

»Nein, das muss so sein. Das ist Salzteig. Daraus formen wir jetzt Figuren und stechen Kekse aus. Danach trocknet der Teig im Backofen und härtet dabei aus. Heute Abend sind sie abgekühlt und wir schmücken mit ihnen den Baum. Wir müssen nur einen dicken Faden finden, der sie hält.«

Eifrig sucht Benni die Backförmchen aus dem Schrank. Sterne, Tannenbäume, Herzen und Glocken sind schnell ausgestochen. Als Ben keine Lust mehr hat, formt er aus dem restlichen Teig kleine Menschen.

Die ganze Zeit, in der der Teig im Backofen trocknet, beobachtet er ihn durch die Scheibe. Als der Timer piept, rennt er in sein Zimmer und holt den Tuschkasten. Nach einer halben Stunde ist alles abgekühlt. Eifrig bemalt er die Rohlinge. Kurz darauf baumeln alle Figuren am Weihnachtsbaum.

»Da hat sich ja jemand enorme Mühe gegeben«, lobt ihn seine Mutter.

»Du aber auch«, antwortet er. Während Ben in der Küche beschäftigt war, hat sie das Wohnzimmer dekoriert. Kerzen, Weihnachtsfiguren und sogar eine sich drehende Pyramide stehen auf dem Tisch.

»Hast du Hunger?«, fragt seine Mutter.

Ben nickt.

»Rufst du mich, wenn das Essen fertig ist? Ich habe etwas Dringendes zu erledigen!« Flink begibt sich Benni in sein Zimmer. Aus einer Schublade zieht er ein leeres Blatt Papier und einen mehrfarbigen Buntstift. Er spitzt ihn an. Dann kaut er gedankenverloren auf dem anderen Ende herum. Für seine letzte gute Tat braucht er seine volle Aufmerksamkeit. Er fängt an zu schreiben:

Lieber Weihnachtsmann,
als ich die Nachricht von deiner Frau bekommen habe, dachte ich, da will mich jemand auf den Arm nehmen. Damit lag ich aber ganz schön daneben. Das konnte ich nicht zulassen. Aber ich gebe zu, dass ich mir das alles leichter vorgestellt habe. Du glaubst nicht, wie verdammt schwer es ist, so eine gute Tat zu vollbringen. Ohne Twinkies Hilfe hätte ich das nie im Leben geschafft. Dabei hab ich mich echt superdoll angestrengt. Weißt du, Weihnachtsmann, dass ich erst jetzt kapiere, warum du das alles machst? Deswegen kann ich es dir auch nicht verübeln, wenn du Weihnachten ausfallen lässt. Nächstes Jahr werde ich mich noch mehr anstrengen. Und die anderen auch.

Ich wünsche euch einen schönen Urlaub.
Ben

P.S. Du hast kein Herz aus Stein. Du bist einfach nur traurig und das nicht ohne Grund. Vielleicht siehst du es nächstes Jahr anders.

Ben steckt den Brief in einen Umschlag und malt ihn hübsch bunt an. »Für den Weihnachtsmann« schreibt er in die Mitte. Dann legt er den Briefumschlag auf die Fensterbank. Der Wind weht den Brief fort.

»Gute Reise«, ruft Ben winkend, »hoffentlich findest du deinen Weg zum Weihnachtsmann!«

»TWINKIE! Hol mir diesen Brief. Sofort. Beeil dich!« Der Weihnachtsmann beauftragt seinen Gehilfen in der Sekunde, wo er sieht, dass der Wind ihn erfasst. Der Elf schwingt sich auf Rudolph und fängt den Brief ab, bevor er im Schnee landet. Geschwind kehrt er zurück und übergibt ihn wortlos dem Weihnachtsmann. Dieser entreißt ihm das Schreiben und verschwindet grummelnd aufs stille Örtchen. Da öffnet er den Brief und liest ihn. Einmal, dann ein zweites und sogar ein drittes Mal. Sorgfältig streicht er ihn glatt. Zügig verlässt er das Klo und läuft in sein Büro. Dort klebt er den Brief an die große Scheibe zur Elfenwerkstatt.

Hat alles ausgereicht, um Weihnachten zu retten?

Die Miene des Weihnachtsmannes verrät nichts. Und er sagt auch kein Wort mehr. Den ganzen Abend nicht ein einziges Wort.

Bastel-
tipp

Baumschmuck aus Salzteig

Salzteig ist genauso vielseitig wie Knete. Du kannst kleine Figuren formen, deinen Handabdruck verewigen oder Anhänger basteln. Ist der Teig getrocknet, kannst du die Kunstwerke, anmalen, verschenken oder am Weihnachtsbaum aufhängen.
Mach es wie Ben!

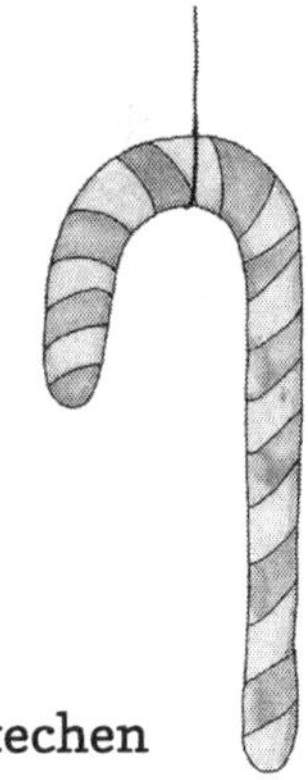

Du brauchst:
- ✭ 2 Tassen Mehl
- ✭ 1 Tasse Salz
- ✭ 1 Tasse Wasser
- ✭ 1 Teelöffel Speiseöl
- ✭ 1 große Schüssel
- ✭ Lebensmittelfarbe zum Einfärben des Teigs
- ✭ Wasserfarben zum Bemalen
- ✭ Backformen zum Ausstechen
- ✭ Zahnstocher zum Linienzeichnen und Löcherstechen
- ✭ Klarlack
- ✭ Band zum Aufhängen.

1. Zutaten gut vermengen.
2. Den Teig ausrollen und Figuren und Sterne ausstechen.
3. Für Anhänger oben ein Loch einstechen.
4. Die Salzteig-Ausstecherle auf ein Backblech legen und bei 150 °C 45 Minuten im Backofen aushärten lassen.
5. Herausnehmen und abkühlen lassen.
6. Danach bemalen und anschließend mit Klarlack überziehen.
7. Wenn alles getrocknet ist, Band zum Aufhängen durch das Loch ziehen und verknoten.

24

Ben und seine Mutter haben sich an diesem Tag jede Menge vorgenommen. Schon früh am Morgen werkeln beide in der Küche herum. Singend backen und kochen sie. Als es Zeit wird, brechen sie auf, um Bertha abzuholen. Draußen tanzen die Schneeflocken einen wilden Tango. Die alte Dame wartet schon am Eingang auf Benni. Schnell ist der Rollstuhl zusammengeklappt und im Auto verstaut. Bertha sitzt bequem auf dem Beifahrersitz.

Die zwei Stockwerke schafft sie mit Hilfe von Bens Mutter ohne Probleme.

»Verrat das bloß nicht Gitte«, flüstert Bertha verschwörerisch. »Sonst meckert sie mit mir. Ich soll den Fuß nur wenig belasten.«

Als sie gemütlich auf dem Sofa sitzt, flitzt Benni nach oben und holt Ilse ab.

»Geht es los?«, sagt sie und strahlt dabei von einem Ohr zum anderen. »Ich komme sofort!«

Schon im Treppenhaus hört Ben die Klingel und rennt gleich nach unten weiter. Vor der Tür steht Lilly mit ihrem Vater. Ben begrüßt sie und führt sie nach oben. Dort stellt er die beiden seiner Mutter, Bertha und Ilse vor. Der restliche Nachmittag verläuft lustig. Sie spielen *Monopoly, Mensch-ärgere-dich-nich*t und *Kniffel.* Zwischendurch essen sie frischen Mohnstollen und selbstgebackene Kekse.

Obwohl Ben nicht weiß, ob der Weihnachtsmann kommt, stellt er ihm ein Glas Milch und einen bunten Keks unter den Weihnachtsbaum. Bertha hatte ihm erzählt, dass sie das als Kind jedes Jahr so gemacht hätten.

Mitten in eine Partie *Mau Mau* hinein sagt Ilse plötzlich: »Ach, Herrgottchen! Da hätten wir doch glatt die Kirche vergessen!«

»Kirche?«, fragt Ben.

»Ja, an Heiligabend geht man doch in die Kirche!« Irritiert blickt sie zwischen den Gästen hin und her. »Macht man das heute nicht mehr? Die Kirche ist doch immer so voll.«

Beschämt und traurig schaut Bens Mutter zu Boden.

»Früher sind wir jeden Sonntag zum Gottesdienst gegangen. Daran erinnerst du dich sicherlich nicht mehr, Ben. Aber seit Papas Tod habe ich nicht die Kraft gehabt.«

Lillys Vater legt ihr die Hand auf die Schulter. »Dann wird es Zeit. Zumindest an einem so besonderen Tag. Lilly war heute Morgen schon im Kindergottesdienst. Ich bin aber sicher, dass sie gerne noch einmal mitkommt.«

Eifrig nickt Lilly.

»Na dann«, sagt Bertha und klatscht in die Hände, »worauf warten wir?!«

Alle ziehen sich an und helfen Bertha nach unten ins Auto. Bei der Kirche angekommen, stapfen zahlreiche Besucher an ihnen vorbei. Drinnen ist alles hell erleuchtet und Ben wird auf einmal ganz warm ums Herz. Gemeinsam setzen sie sich in eine der hinteren Reihen und lauschen andächtig den Worten des Pastors. Zwischendurch singen sie verschiedene Lieder. Am Anfang ist Ben unsicher, denn er kennt viele Texte überhaupt nicht. Doch bald singt er voller Inbrunst schief mit. Ein wunderbares Gefühl breitet sich von der Bauchgegend aus und lässt Ben regelrecht strahlen. Glücklich verlassen alle die Kirche.

An den Weihnachtsmann verschwendet Ben keinen Gedanken. Viel zu sehr hat ihn der Gottesdienst bewegt. Die vielen fröhlichen Gesichter, die warmen Worte des Predigers, die feierliche Atmosphäre. Auf dem Weg nach Hause sprechen sie die ganze Zeit über ihre Eindrücke. Doch kaum kommen sie in die Wohnung, ist seine Angst um Weihnachten zurück.

Inzwischen ist es Zeit zum Abendessen. Sie versammeln sich alle in der Küche. Es gibt frischen Kartoffelsalat und heiße Würstchen. Vor Aufregung stochert Ben nur im Essen herum. Er schiebt den Salat von einer Seite zur anderen.

»Zu viele Kekse?«, fragt ihn seine Mutter belustigt. Benni schüttelt den Kopf. Sein Magen rumort hörbar. Aber der dicke Kloß im Hals und das Kribbeln im Bauch hindern ihn am Essen.

Beim Abdecken helfen alle. Zwischendurch verschwindet Ben kurz, um die Geschenke aus seinem Zimmer zu holen. Dann hört er ein Glöckchen. Im ersten Moment denkt er an den Weihnachtsmann. Sein Herz schlägt einen Purzelbaum. Doch dann wird ihm klar, dass seine Mutter jedes Jahr läutet. Er schlurft in Richtung Wohnzimmer, wo sie schon in der Tür steht. Im Hintergrund sieht er das Glas Milch und den Keks.

»Schade«, flüstert er enttäuscht und versucht, nicht zu weinen. Es gelingt ihm nicht. Stumm kullert eine einzelne Träne die Wange herunter und tropft auf seinen Pullover. Die anderen haben sich auf den Boden gesetzt, sind fröhlich und lachen über etwas. Ben vertreibt den Gedanken an den Weihnachtsmann und setzt sich zu den anderen. Ganz leer ist es unter dem Baum nicht. Mama hat wohl allen von der Tradition erzählt, denn außer Bens Geschenken liegen auch noch ein paar andere Päckchen unter dem Baum. *Nur schade, dass in diesem Jahr niemand seine Weihnachtswünsche erfüllt bekommt*, denkt Ben. *Hoffentlich gelingt es mir im nächsten Jahr.*

»Träumst du, Ben?«, fragt ihn seine Mutter und reißt ihn aus seinen Gedanken. Er schüttelt den Kopf und krabbelt zum Baum, um jedem seine Salzfigur und die Kleinigkeit zu geben. Nach und nach packen sie alles aus.

Besonders die Mondkette, die Ben für Lilly besorgt hatte, ist ein Glückstreffer. Das Mädchen nimmt Ben in ihre kleinen Arme und drückt ihn fest. Fast gleichzeitig ertönt ein leises Klingeln. Gefolgt von einem Schnauben. Ben zupft nervös an Berthas Strickjacke. Doch die alte Dame bewegt sich nicht. Keiner rührt sich. Ilse, Lilly, ihr Vater, seine Mutter und Bertha sind zu Wachsfiguren geworden.

»Was in drei Teufels Namen«, stottert Ben und schaut sich hektisch um. Da erklingt ein tiefes »Ho, ho, ho« aus dem Flur. Kurz darauf erscheint ein freundliches Gesicht im Türrahmen. Der runde Bauch ist in einem roten Mantel gehüllt. Und der weiße Rauschebart leuchtet regelrecht.

»Hallo Benni! Weißt du, wer ich bin?«, fragt die Person.

Ben kann nur mit offenen Mund nicken. Inzwischen taucht neben den Beinen ein bekanntes Gesicht auf. Twinkie.

»Hallo Ben. Eigentlich haben wir dafür keine Zeit, aber der Weihnachtsmann möchte sich bei dir persönlich bedanken.« Der kleine Elf schaut auf seine Uhr. »Hurtig, hurtig. Zieh dich warm an. Sonst bringst du unseren Zeitplan durcheinander!«

Der Elf hält ihm eine Jacke hin, die Ben überzieht. Der Weihnachtsmann reicht ihm einen langen Schal und eine dicke Mütze.

»Von meiner Frau«, erklärt er lachend.

In der nächsten Sekunde befindet sich Ben auf einem Schlitten. Er sitzt neben dem Weihnachtsmann. Hinten auf einem gigantischen Sack thront Twinkie.

Der Weihnachtsmann schnalzt mit der Zunge und das Rentiergespann springt in die Luft. Vor Schreck entfährt Benni ein Quieken. Doch er hat nicht lange Zeit, um Angst zu haben. Die Lichter am Boden versetzen ihn in Staunen. Alles wirkt wie in einem Miniaturwunderland.

»Freust du dich, dass sich die Wünsche der Kinder doch erfüllen?«, durchbricht die Stimme des Weihnachtsmannes die Stille.

Eifrig nickt Ben.

»Na, dann wollen wir mal die Kinder beschenken.«

Der Weihnachtsmann treibt die Rentiere mit den Zügeln an. Immer wieder hält der Schlitten an. Twinkie reicht das eine oder andere Geschenk an den Weihnachtsmann. Der verschwindet und taucht sofort wieder auf. Als sie bei Hannah ankommen, nimmt ihn der Weihnachtsmann mit. Hannah sitzt mit ihrer Familie beim Essen. Ben legt ihr Weihnachtsmanngeschenk unter den Weihnachtsbaum. An der Verpackung baumelt ein Anhänger: *Vom Weihnachts-*

mann und Benni. Kaum hat Ben die Karte gelesen, ist der Zauber schon vorbei und er sitzt wieder auf dem Schlitten.

»Also Benni«, beginnt der Weihnachtsmann, »ich möchte mich bedanken. Durch dich und deine vielen Überraschungen fällt mir meine Arbeit leichter. Mir ist es heute sogar egal, wenn eins der Kinder sich über sein Geschenk beschwert. Ich denke einfach an dich und deine Taten und schon ist mein Frust verflogen. Du weißt gar nicht, wie das mein altes Herz erfreut.«

Er unterbricht das Gespräch für einen nächsten Halt. »Aus diesem Grund ernenne ich dich zum Weihnachtsmanngehilfen. Wie findest du das?«

Ben sieht ihn mit großen Augen an und bringt ein dürftiges »Danke« hervor.

»Sag mal Twinkie, ist er immer so wortkarg?«, dröhnt der Weihnachtsmann.

»Nein, bei mir hat er mehr geredet. Ich denke, du schüchterst ihn ein«, ertönt die vertraute glockenhelle Stimme.

Von jetzt an hilft Ben, die Geschenke zu verteilen. Zwei, drei Stunden, dann sind alle Weihnachtsgeschenke unter den Bäumen. Der Schlitten fliegt in Richtung von Bens Wohnhaus.

»So, Ben, für dich endet der Ausflug. Vor Twinkie und mir liegt noch jede Menge Arbeit und du solltest mit deiner Mutter und deinen Freunden den Abend genießen.«

Der Weihnachtsmann reicht Ben seine große Hand. Als Ben danach greift, zieht ihn der Weihnachtsmann zu sich heran und flüstert ihm etwas ins Ohr.

»Übrigens, du hast mich schon an dem Tag überzeugt, als du bei der Klassenarbeit nicht geschummelt hast. Sogar ich habe früher gemogelt«, verrät er Ben mit einem Augenzwinkern.

»Aber der Urlaub …«, meint Ben.

»War von Anfang an für die Zeit nach Weihnachten geplant. Schließlich haben wir alle mal etwas Erholung verdient nach all dem Stress«, nuschelt der Weihnachtsmann verlegen und wird ein bisschen rot, weil er flunkert.

»Das stimmt«, erwidert Ben.

»Na siehst du«, sagt der Weihnachtsmann und schiebt Ben ein Stückchen von sich, sodass er ihm in die Augen sehen kann. »Und wehe, du benimmst dich das restliche Jahr nicht vorbildlich«, fügt er mit einem schelmischen Grinsen hinzu. »Immerhin möchte ich dich und deine Freunde nächste Jahr zu uns an den Nordpol einladen. Also, halt die Ohren steif!«

»Ja«, haucht Ben, den die Einladung völlig überrumpelt.

Er blinzelt und schon steht er wieder in seiner Wohnung. Mitten im Flur. Kurz schüttelt er sich. *Ist das eben wirklich passiert?*, fragt er sich. Es kommt Ben wie ein Traum vor. Nur die Mütze und der Schal lassen ihn wissen, dass er nicht geträumt hat. Freudig rennt er ins Wohnzimmer. Die Milch und der Keks sind verschwunden. Stattdessen liegt auf dem Teller ein Zettel:

Danke, Benni. Dir und deinen Lieben ein frohes Fest.

»Na, hat es geklappt?«, fragt Bertha in diesem Moment. Alle sind wieder erwacht und ihr ist sofort aufgefallen, dass Milch und Kekse verschwunden sind.

»Ja«, ruft Benni, »und wir alle sind nächstes Jahr zum Nordpol eingeladen!«

Bastel-
tipp

Eigene Weihnachtskugeln

Sind dir die Kugeln deiner Eltern zu langweilig, dann verschönere sie doch einfach.

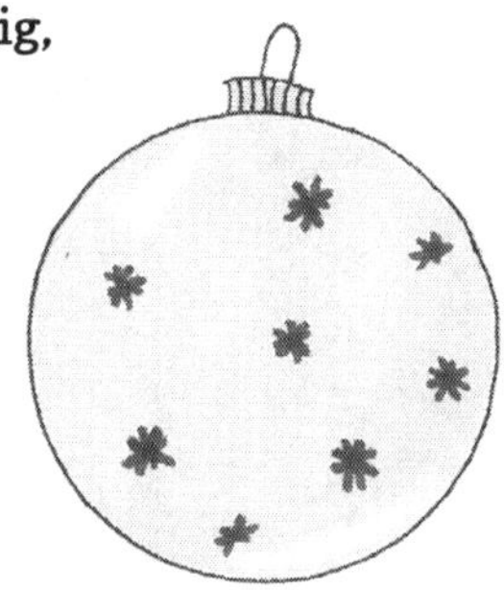

Du brauchst:

- ⭑ alte Christbaumkugeln, die deine Eltern nicht mehr benötigen, am besten aus Kunststoff (Glaskugeln zerbrechen leicht und haben dann scharfe Kanten.)
- ⭑ Edding in verschiedenen Farben.

1. Kugel genau anschauen und Veränderungen überlegen.
2. Beispiele:

- auf rote Kugeln mit einem goldfarbenen Edding Sterne malen, auf eine blaue Kugel silberne Sterne.
- weitere Motive: Schneemänner, Eiskristalle, Tannenbäume, weihnachtliche Sprüche, Herzen

Die Autorin

Sarah Drews wurde 1983 in Hamburg geboren. Im Alter von 5 Jahren entdeckte sie ihre Liebe zu Büchern und liest bis heute alles, was sie in die Finger bekommen kann. Seit 2016 erweckt sie ihre eigenen Geschichten zum Leben, zu ihren Vorlieben gehören gruselige Erzählungen im Geiste R. L. Stines. Nach einigen Anthologiebeteiligungen ist »Keihnachten« bereits ihr zweites Buch, weitere sind in Planung. – Sarah Drews lebt mit Mann und vier Jungs in Schleswig-Holstein.

Mehr über die Autorin auf www.sarahs-buecherwelt.de

Die Illustratorin

Isabel Kaboth, Jahrgang 1994, geboren in Hildesheim. Dort besuchte sie das Gymnasium und studierte Philosophie-Künste-Medien an der Universität. Auch heute lebt und arbeitet sie in ihrer Heimatstadt. In ihrer Freizeit malt, liest und schreibt Isabel Kaboth gern. »Keihnachten« ist ihr zweites Buch, das sie illustriert hat.

Auch von Sarah Drews im Verlag Monika Fuchs

Auch das noch! Statt mit ihrer Mutter nach Spanien zu fahren, soll Caro die Sommerferien bei ihrer Tante auf Sylt verbringen. Zusammen mit ihrer stinklangweiligen Cousine! Doch dann ist alles ganz anders als erwartet: Marianne ist inzwischen richtig cool und Tante Linda hat einen neuen Freund. Der benimmt sich allerdings sehr merkwürdig ... Marianne und Caro sind sich sicher: Mit dem stimmt was nicht! Die Ermittlungen in der »Geheimsache Aal« nehmen ihren Gang – und bringen die jungen Detektivinnen in gefährliche Situationen.

Der spannende Detektivfall und das tolle Setting auf der Nordseeinsel Sylt konnten mich begeistern!
familienbuecherei.blogspot.de

Sarah Drews
Falsches Spiel auf Sylt. Ein Kinderkrimi aus Schleswig-Holstein
168 Seiten, Hardcover. Mit Sylt-Karte, ab 10 Jahren
Verlag Monika Fuchs
ISBN 978-3-947066-21-6